狭小邸宅

新庄　耕

集英社文庫

狭小邸宅

一

湯気が立ち、鏡が白く曇る。頭からシャワーをかぶり、しばらくの間、うなだれたように突っ立っていた。曖昧《あいまい》だった意識が次第にはっきりしてくる。

――今日こそ辞める。

腹の底から湧きあがってくる声にならないつぶやきは、シャワーの音にかき消された。

テレビの画面に映る朝の情報番組では、女性アナウンサーがゴールデンウィークに向けて自由が丘を紹介している。何度となく訪れていた。それが、「デートスポット」という文脈にのった途端、見知らぬ遠い街のように感じられてくる。

外は、まだ肌寒かった。それでも春の日差しはこれから暖かくなることを予感させ、朝の憂鬱《ゆううつ》をいくらか紛らわせてくれる。

恵比寿《えびす》駅からほど近い店舗が見えてくるにつれ緊張が高まり、気分は重く沈んでいく。少しでも歩みに迷いが生じると、一歩も前に進めないような気がした。

営業ルームのドアをそっと押し開け、フロアを見渡す。すでに何人かの社員が出勤し、営業の準備をしていたが、上役の姿は見当たらなかった。

「ひどい顔だな」

同じ課の中田《なかた》が顔だけこちらに向けて言った。目元が黒ずみ、深い皺《しわ》が刻まれている。

「人のこと言えないだろ、部長はまだ来てない？」

いないとわかっていてもつい確かめてしまう。

「いたら話しかけてないよ」

引き出しから整髪剤とネクタイを取り出し、洗面所にむかった。

鏡に映る顔は老け込んだようにひどくやつれていた。肌は荒れ、目の下には隈《くま》ができている。素早く身支度を済ませ、デスクに戻った。

ホワイトボードには、松尾と書かれた自分の予定欄に十時三十分、自由が丘、秋元《あきもと》様と記されている。先週、案内をとりつけた客だった。

「今日は案内入ってるんだっけ」

そう訊《たず》ねて中田の予定欄を確認すると、十三時、三軒茶屋《さんげんぢゃや》、長谷部《はせべ》様とあった。

「かろうじて一件」

小さな声で中田は答えた。

昨晩、電話口で必死に懇願していた中田の姿が浮かんだ。

「あぶなかったな、三日つづけて入ってないと部長にやられてたよ」

「間違いない、先週のお前みたいになる」

中田がおどけて言った。肩と腕にできた痣《あざ》はいまだに薄く残っている。

「そういえば、木村はまだ？」

新入社員の木村がデスクにいなかった。朝礼の時間が近づいている。

中田もまだ見ていないらしい。隣に座る松本《まつもと》さんが、どうせ辞めたんだろ、と机上のディスプレイから視線も外さず言った。

大方の社員は出社し、デスクで黙々と作業をしていた。皆、疲れの色が濃く、余計なことに体力を使わない、そんな空気だった。

店舗の入口の方で人声がした。部長の出社を知らせる声がつづく。

営業ルームのドアが開き、伊藤《いとう》部長の姿が現れた。背はさほど高くないが、花園出場経験を持つがっしりとした体軀《たいく》は、フロア全体に威圧感をあたえる。大山《おおやま》課長と隣の課の斎藤《さいとう》課長も一緒のようだった。

外の通りにまで聞こえそうな挨拶の声が湧いた。伊藤部長たちは挨拶を無視し、ゆっくりとフロアを横切り、席につく。

斎藤課長は席に座るなり、先輩社員のひとりを呼んだ。

「武田《たけだ》ぁ、お前、案内入ってないのによく昨日帰れたな。てめぇ、なめてんだろ」

武田さんは直立不動の姿勢で「申し訳ございません」と謝り、頭を下げた。顔をあげた武田さんの表情は強張《こわば》り、何かを諦めているように見えた。

ホワイトボードに設けられた武田さんの今日の予定欄には何も記されていなかった。他の営業マンは案内が一件ないし二件入っている。

売買を専門とする不動産屋において、案内は重要な営業活動だった。ほとんどの客にとって不動産の購入は一生に一度の買い物になる。そのため、客は一片の妥協すらしない。客の極端に慎重な構えを解きほぐすには、直接会い、信頼関係を築いていく、この案内のような対面営業が必要だとされていた。

案内は営業指標のひとつとして会社も重点を置いており、平日に一件、土日の週末に二件ずつ客からとりつけることを各営業マンに課している。

武田さんは本店の中で成績上位者の常連だったが、この数カ月、何があったのか数字を残せていない。それを裏付けるように案内の予定もほとんど埋まっていなかった。

「申し訳ございませんじゃなくて売りますだろ。売る気あんのかよ、てめぇはよ」

武田さんは俯《うつむ》いたままだった。

「あります」

斎藤課長の武田さんへのいびりは、このところ毎日つづけられている。フロアにいる誰もが余計な火の粉が降りかからぬよう黙《もく》していた。それは武田さんに向けられた矛先《ほこさき》がいつ自分のところに来るかもしれないという危惧だけでなく、対象が誰であれ、嵐が過ぎ去るのをひたすら耐えることこそが、波風立てることなく事態を収束させる、一番の近道なのだという経験に拠《よ》っているようだった。

「あったらとっくに売れてんだろ。売る気ねぇならさっさと辞めろ、もうお前なんかいらねぇんだから」

吐き捨てるように言って、斎藤課長は書類に目を落とした。

フロアの淀《よど》んだ空気が、重く張りつめたものに変わった。

「おい、中田」

席についた大山課長が声をかけた。

「お前、今日は案内あんの」

「一件、入ってます」

「入ってますじゃねぇよ。てめぇがサボってるおかげで、うちの課の数字が見えなくなってんだよ」

「すいません」

その表情には感情的なものは見えない。中田もまた何かを諦めたような顔をしている。

「てめぇ、冷やかしの客じゃねぇだろうな。その客、絶対ぶっ殺せよ」

「はい、絶対殺します」

中田は静かに答えた。言葉に強い響きはなかったが、しかし他人に強制されている感じでもなかった。

殺す。社内では、客を落とすとか、買わせるといった意味で使われている。

中田が、このいささか過激な言葉を口にする度、ざらざらとした違和感を覚える。中田はこれまでの人生の中で一度も人に手をあげたことがないように思う。

しかし、中田がこの仕事をつづけられている事実を思い返すと、その違和感も薄れる。

「いくら案内が入ってても数字にならなきゃ意味ねぇんだよ。数字なんだよ、数字」

大山課長は誰に言うでもなく、正面を見据えてつぶやいた。聞き流そうとしてもそれを許さない棘《とげ》が含まれていた。

「おい」

大山課長の声がした。

「木村は便所だろ、長いな、朝礼はじまるだろ。呼んでこい」

課にいる全員が手を止めた。八時に朝礼がはじまる。だが、木村はまだ出社していないはずだった。

「いえ、木村はトイレではなく……まだ出社してません」

中田が探るような顔で伝えた。

誰もが聞こえないように振舞っていた。が、それとなく大山課長の反応を窺《うかが》っているのがわかる。

課長は一瞬の沈黙の後、何度か軽く頷《うなず》いて、壁にかかった時計に目をやった。黒い針はもうすぐ八時を示そうとしていた。

朝礼が終わり、どの営業マンも慌ただしく準備をしたり、客に電話をかけたりしている。背後でドアの開く音がした。

対面に座る中田がわずかに顔をあげ、こちらの肩越しに入口を確認する。すぐにフロアを早足で駆ける音がし、一瞬、中田がその音源を右から左に目で追った。フロアから再び物音が絶えた。

「遅れてしまい、す、すいませんでした」

細く、震えた声だった。

見ると、木村が部長の前で深々と頭を下げている。顔は青白く、引き攣《つ》っていた。大学時代、柔道で鍛えあげたという、胸板の厚い、百キロは優にありそうな体が、気の毒なほど小さく見えた。

部長は木村の存在を気にも留めず、椅子に背を預け、スポーツ新聞を広げていた。クチャクチャとガムを嚙《か》む粘着質な音が聞こえる。

「寝坊か」

部長はスポーツ新聞をめくりながら言った。

それを認める木村の小さな返答があった。静まり返ったフロアではむしろ際立って聞こえる。

「お前、うちに来てどれくらいだっけ」

「いっ、一カ月です」

新入社員は、卒業式の前から「アルバイト」という形で働きはじめるのが、慣例となっている。

「いいなぁ、まだ学生気分が抜けきらなくて。女の尻追っかけて、朝まで呑《の》んだくれて、いいなぁ」

「いえ……」

否定するべきかどうかすら判断できないでいるように聞こえた。

「お前、今日案内入ってんの」

乾いた声だった。

木村は怖《お》じけた声で、入ってないと答えた。

「これまで会社にいくら金入れた」

「すいません、入れてません」

しきりに頭を下げている。

「聞こえねぇよ、聞こえるように話せ」

木村は怯《おび》えながら、入れてません、と繰り返した。

「おかしいよなぁ、何で会社に金を入れない学生気分のお前に給料出さなきゃなんねぇんだ、何で案内ひとつとれないお前に女の尻追っかけるための軍資金こっちが出してやんなきゃいけねぇんだろ」

穏やかだった口調も、その語尾にかすかな怒気が含まれていた。木村は何か口にしかけたが、それは空気を震わすだけで言葉にはならない。ガムを噛む音が荒々しく響く。

「おいっ」

突然、怒声をあげると、握りしめた新聞を木村に投げつけ、拳《こぶし》を机に叩《たた》きつけた。書類に目を落としていた中田の体がわずかに上下した。

その声はすくむほど落ち着き払っていた。

「何黙ってんだ、あ。お前はおかしいと思わねぇのかよ」

確かに、おかしいのかもしれない。

――最もありえなさそうな奴《やつ》が不動産屋やってる。

いつだったか、友人のひとりが、僕が不動産の仕事に就《つ》いたことをどこかで耳にし、嘲笑気味に言っていた。

学歴も経験もいらず、特別な能力や技術もいらない。司法試験に代表される難関を通過する必要もない。全ての評価はどれだけ家を売ったか、そんな単純な数の積み上げ以外、何も残らない仕事の性質を指して言ったのかもしれない。あるいは、高価な服で着飾り、外車を乗り回し、女のいる店で遊び倒すという、ありがちな不動産屋のイメージを持ち出して言ったのかもしれない。単調なことの繰り返しや他人との競争を嫌い、金銭や派手な生活に恬淡《てんたん》なお前に不動産屋なんか勤まるのか、と。

そうした指摘を軽く撥《は》ね退《の》けられるほど、不動産屋という仕事にこだわりも思い入れもなかった。むしろ、友人が指摘するように全く興味の湧かない仕事のひとつだと思っていた。だが、他に興味を寄せる仕事ややりたいことがあったかといえば、それもなかったのだ。

ろくに就職活動をすることなく、苦し紛れに今の会社に入った。営業に配属され、とにかく家を売れと言い渡された。胃痛を覚えるようなノルマ、体を壊さずにはこなせないほどの激務、そして挨拶がわりの暴力。逃げ出さないのが不思議なぐらいヤクザな毎日だった。

だが、辞めよう辞めようと思いつつも、どういうわけか今日までつづいている。

辞めようとすることで降りかかる諸々《もろもろ》の面倒がひとつのブレーキにはなっていた。あるいは何をすべきかわからないまま辞めたところで、畢竟《ひっきょう》、似たような状況に陥ってしまうといった予感も手伝っているのかもしれない。はっきりとしたことは、自分自身にもよくわからず、曖昧なまま、ずるずると毎日の営業に追われていた。

ぼんやり思いを巡らせているうちに、自由が丘の駅近くまで来ていた。駅から少し離れた駐車場に車を停《と》め、北口に急いだ。

平日の午前中とあって、駅前を歩く人はまばらだった。時計を確認すると、ちょうど約束の時刻になっている。それらしい人は見当たらない。あらかじめ控えてあった番号に電話をかけた。

「もしもし、フォージーハウスの松尾と申しますが——」

そこまで言うと、「あぁ、こっちです」という声が聞こえ、手を振る女性の姿が視界の端に入った。三十ぐらいだろうか、秋元さんは電話で想像していたよりも若く見える。

「桜が綺麗ね、やっぱり自由が丘はいいわ」

駅からほど近い遊歩道には、立ち並ぶ桜が咲き乱れている。

オープンカフェや移動式のクレープ屋が軒を連ね、ベンチに腰掛ける人や道を行く人は春の空気を楽しんでいた。

「そうですね、自由が丘はたくさんお店があって人気の東横線と大井町線が乗り入れてますから。都内でも指折りの人気エリアですよ」

秋元さんは家探しをはじめたばかりだったが、自由が丘は日頃からよく遊びに来るという。自由が丘の魅力を繰り返し述べ、できれば自由が丘周辺で家が欲しいと漏らした。

夫と住宅展示場でモデルハウスを見学したことはあるものの、実際の物件を内覧するのは今日がはじめてだという。不動産に対する知識はほとんど持ち合わせておらず、都心の不動産に関する相場観もなければ、購入予算についてもまだ家の中できちんと話し合われていない。それでも夫と本格的に家探しをする前に予備知識を得ようと考え、問い合わせをしてきたようだった。

「奥沢《おくさわ》、駅徒歩十分、二十坪、四千五百万円、土地、未公開物件。早いもの勝ちですっ」

街の賑《にぎ》わいにまじって太い声が聞こえてくる。

通りの先で体が隠れるほど大きな看板を首からぶら下げた男が声を張りあげて

いた。

徐々に看板の文字がはっきりしてくる。そこには見覚えのある社名が記されていた。都心城南エリアの一戸建てを得意とする中堅の競合会社だった。

秋元さんと話しながらも、僕はその男の姿から視線を外せないでいた。

入社したばかりの頃、営業のやり方がわからない僕たち新人はひたすら探客をさせられた。輪転機で刷ったチラシを日付も変わった真夜中に企業や官庁の集合住宅に配ったり、現地物件や店舗の前で過ぎゆく人に声をかけてまわったりして、家の購入を考えている見込み客を探した。

当初、こうした泥臭い営業活動は新人だけに用意された一種の通過儀礼にも似た研修の一環だと思っていた。が、後《のち》に客のいない営業マンであれば、新人であれベテランであれ、営業活動の内容に大きな差はないことに気付いた。

その中でも、広告などから問い合わせてきた反響顧客を回してもらえない新人にとって効果的な探客といえば、サンドイッチマンを除いて他になかった。

入社して間もなく、上司に呼び出された。

「松尾、未公開物件あるから、サンチャの駅前でサンドイッチマンやれ」

すぐには意味が理解できなかった。まごついている僕を見て、上司は苛立《いらだ》ちを露《あら》わにした。

「あそこにある看板背負《しょ》って、三軒茶屋行って客探してこいって言ってんだよ、大学出てそんなこともわかんねぇのかよ」

営業フロアの隅に腰の高さほどの看板が二枚、紐《ひも》で繋《つな》がれて立てかけられている。それを見て、サンドイッチマンがどのようなものかわかった。

新宿や渋谷などの繁華街で大きな看板を前後にぶら下げて宣伝する人を見かけたことはあったが、それがサンドイッチマンと呼ばれることなど知らなかった。ましてや、自分が担うことになるとは思ってもみなかった。

人混みの中、サンドイッチマン姿で声を張りあげるには勇気を必要とする。道行く全ての人が、自分に無遠慮な視線を向けてくるように感じられた。それでも、しばらくつづけていると、苦にならなくなってくるのは不思議だった。

ただ、街行く人がどうしても楽しそうに見えてしまう休日や連休中はさすがに応《こた》えた。とりわけ、同年代の男女がいかにも楽しそうな笑みを浮かべながら通りを歩く姿を見かけると、看板を打ち捨て、路地裏に逃げ込みたくなる衝動に駆られる。そんな時、こちらの心境を見透かしたように決まって上司から電話がかかってきた。

「おい、お前、今人生考えてたろ。何でこんなことしてんだろって思ってたろ、なぁ。何人生考えてんだよ。てめぇ、人生考えてる暇あったら客見つけてこいよ」

入社してから四カ月、毎日サンドイッチマン姿で街角に立った。その間、同期の半数以上が辞めていった。


繁華街を外れ、しばらく歩いた先に目的の物件はあった。

電車の通過する音が耳に届いてくる。物件の近くまできたことを知らせると、それまでこちらが話題を振らなくとも積極的に話していた秋元さんが静かになった。買う気はないが、もしもよければその気が起こらないとも限らない、そんな期待とも不安ともつかない表情に映る。

「あちらが物件になります」

前方に見える真新しい家を指し示した。敷地の一角に「新築物件」と書かれた幟《のぼり》がはためいていた。道路を挟んで線路が走り、すぐ傍《そば》に踏切が見える。

「あぁ、これね……」

秋元さんは物件に近づきながら言った。その声はどこか沈みがちだった。想像していたものとは違っていたらしい。

案内する物件は、新聞の折り込みチラシに掲載されていたものだった。広告には写真がなく、自由が丘駅から徒歩十四分、五千八百八十万円、そして、延べ床面積八十平米という活字だけが記されていた。秋元さんはチラシに記載されたわずかな情報からどのような家を頭に思い描いていただろう。

しかし、すぐに秋元さんが誤解していることに気付いた。

「いいえ、手前の物件はすでに成約済みです。チラシに掲載されていたものはその奥にある物件になります」

通りに面して二つの物件が前後に並んで建てられている。

手前の物件は、基礎工事すら着工していない一年以上も前に、すでに買い手がついていた。対照的に奥のそれは、建物が完成した後もいまだに売れ残り、やむなくチラシに掲載されることになった物件だった。

建物は車一台分の駐車場兼通路が公道に接するだけで、敷地のほとんどが窮屈そうに周囲の家々に囲まれている。通りに立てば、建物はほとんど隠れて見えない。

秋元さんを奥まで案内すると、建物を見つめたまま黙ってしまった。思い違いしていた手前の物件以上に落胆の色を隠せないようだった。

物件は典型的なペンシルハウスだった。

ペンシルハウスは二十坪前後の狭い土地に建てられる狭小住宅を指す。正面から見ると鉛筆のように細長く見えるため、いくらか揶揄《やゆ》する意味を込めてそう呼ばれることがある。容積を最大化するため建物は三階建て。日照権の関係で多くは屋根が鋭角に切れ込んでいる。一台分の車がぎりぎり停められる車庫の上部に、二階分増築されたように見えなくもない。最新のシステムキッチンや浴室を備えるなど内部は機能的で、決して安普請《やすぶしん》というわけではないのに、家屋としての風格はやや希薄で、住宅街の中にペンシルハウスがあるとどこか違和感さえ覚える。

秋元さんは、これまで住宅展示場のモデルハウスをいくつか見てきたと話していた。

モデルハウスを最初に見てしまうと、そのイメージに引きずられやすい。六十坪を超える緑豊かな庭付きの二階建てが、いわゆるモデルハウスの平均像だった。地価の高い都心城南エリアで六十坪もあれば、ペンシルハウスが三棟は建つ。仮に、坪二百五十万円は下らない目黒区でモデルハウスのような家を建てようとすれば、土地だけで一億数千万円にのぼる。都心城南エリアのモデルハウスは文字通り、理想の家だった。

その落胆ぶりを見る限り、秋元さんの思い描いていた家は、モデルハウスとおよそ変わらないものだったのかもしれない。

「どうぞ、中に入ってご覧になってください」

家の中に入って印象を改める人もいる。僕は、秋元さんを家の中に促した。

土地は二十二坪だが、建蔽率《けんぺいりつ》が六十％に定められているだけでなく、公道までの通路数坪分が差し引かれているため、わずか九坪の敷地に家が建てられている。それでも、半地下三階建て、三ＬＤＫ、通路兼駐車場付。容積率が百五十％、延べ床にして八十平米と少し、南向きと、物件の概要だけ見れば標準的で機能的なつくりだった。

「半地下の一階に一部屋、二階が十五畳のリビングとキッチン、三階に二部屋。トイレは一階と二階にひとつずつ、お風呂などの水回りは一階です。各部屋はいずれも六畳以上ありますので寝室としてもお子さんの部屋としてもご利用いただけます――」

自分の声が、家具のない建物の中で虚《むな》しく響く。

秋元さんは聞いているのか聞いていないのか、気のない返事をした。まるで珍しいものを見るように黙然と家の内部に目を向けている。

「かなり暗いのね……」

物件は、隣とほとんど隙間なく建てられている。窓を開け手を伸ばせば、隣のペンシルハウスの外壁に届いてしまう。窓はあっても、日当たりは限定的だった。

「一階は多少光が届かないところもありますが、二階と三階は天気のいい日はもっと光が入って明るいですよ、今日は多少曇りがちですから」

だが、全ての部屋の電気をつけた状態では、それも説得力に欠けた。

三階の部屋に入るなり、秋元さんが訊ねた。

「どうしてこんなに天井が斜めになってるの」

三階の部屋は、天井が屋根裏のように斜めに切れ込んでいる。部屋の三分の一は傾斜がきつく、腰をかがめないと立つことができない。

「このあたりは第一種低層住居専用地域といって、建築基準がすごく厳しい地域なんです。隣家の日当たりを遮《さえぎ》らないように、建物の北側部分は制限がかかってしまうんですよ。でも、それだけ閑静な住宅街ということですし、家具なんかを工夫すれば、さほど問題なく利用していただけるはずです」

秋元さんは天井に目をやりながら、不安そうにしていた。

「広さってチラシに書いてある通りなのかしら」

一通り内覧を終わると、玄関口で訊《き》かれた。

そうだと伝えると、信じられないとでも言いたげな顔をした。

「これでうちと同じなの」

秋元さんが今住んでいるマンションも同じくらいの広さがあるという。

八十平米という数字に嘘《うそ》はなかった。ただ、マンションと違い、一戸建ては空間が分断され、階段などのスペースを確保すると、同じ延べ床面積のマンションで獲得できる広さは感得しにくい。ましてや三階建てのペンシルハウスとなればその狭小感は一段と顕著になるのかもしれなかった。

秋元さんはこちらの話を途中で遮った。

「それで、結局おいくらでしたっけ」

「チラシに記載されていたように、五千八百八十万円です。人気の自由が丘でこの値段は他にないですよ、いかがですか」

「これで六千万円もするの。もっとちゃんとした家ならわかるけど」

秋元さんは嘆くように言った。ひどいものを案内されたという表情を浮かべている。

物件は相場からは逸脱していない。地価の高い都心ではペンシルハウスは「ちゃんとした」家だった。

「これが相場なんです、是非検討してみてください」

力なく言ってその場をつくろった。

玄関を出た秋元さんは、改めて物件を見渡し独り言のようにつぶやいた。

「チラシに載ってるから期待したんだけど、そうでもないのね」

その声にすでに非難の響きは含まれていなかった。

チラシに期待を寄せる客は少なくない。ただ、チラシに掲載された物件が、客の期待に添うことは稀《まれ》だった。

チラシなどの広告は顧客からの反響を目的にして出稿されることが多い。長く売れずに残っているような物件を掲載し、客から問い合わせを募る。顧客の気を引くために、エリア、沿線、広さ、間取り、価格、駅距離など、住宅の価値を決めるいくつかの要素の中から都合のいい情報だけを載せ、それ以外の情報はあえて伏せる。

その意味では、秋元さんがチラシを見ていくらかの期待を寄せることはむしろ自然な反応だった。

「不動産はやはり出逢《であ》いですからそう簡単にいい物件に巡り合えるものではありませんし、この物件にしてもたまたま縁がなかっただけですよ」

僕はいくらか明るい調子で言葉をかけた。

物件を後にし、営業車を停めてある駐車場にむかった。

秋元さんは午後から用事があるという。案内を切りあげ、店舗への来店を促すことにした。

「せっかくお越しいただいたのにご希望に添えず申し訳ありませんでした。実は、チラシに掲載されていたものはごく一部なんです。自由が丘も含め城南エリアの未公開新物件がまだまだあります、この後、少しだけお時間いただいて店舗で詳しくお話しできればと思っているんですが、よろしいですか」

「えっ、お店に行くってこと」

秋元さんは戸惑いながら声をあげた。そして、少し考えてから、

「せっかくですけど、今日はこれで失礼させていただきます」

と、丁寧な口調で断った。

午後の予定に差し障ることを懸念したのだと思った。

「いいえ、お時間はとらせません、ほんの少し資料を見ていただくだけで結構です

から。午後にご予定があるということでしたが、それに支障をきたすようなことにはいたしません。帰りも駅まで送らせていただきますし、美味《おい》しい紅茶とケーキもお出しします。今後のためにも、簡単に説明させてください」

繰り返し同意を求めた。しかし、それでも彼女は渋る態度を変えなかった。

どうしても秋元さんを店舗に連れて戻らなければならなかった。

物件を案内した後、客を店舗まで来社させることが社の決まりになっていた。来社させた客は、営業マンではなく、課長や部長など上役が対応する。営業マンが案内中にヒアリングをしても、顧客の事情や営業マンの不手際などで細かな要望まで把握できないことがよくあった。それを嫌って、上役が営業マンの見逃した顧客の真意を見極め、さらに隙を見せる顧客に対しては一気に契約まで畳みこんでしまう。それが客を来社させる目的だった。

入社して案内がとれるようになると、ひたすらこの来社を叩きこまれた。顧客の都合など関係なく、どんな手段を用いてでも来社させろと言われた。案内に行って来社に失敗したときは、一日中罵声《ばせい》を浴びせられた。新人であれベテランであれ、その失態は看過されなかった。

何度も慇懃《いんぎん》に頼んでみたが、それでも秋元さんは頑として首を縦に振らない。

「何が問題ですか、あれば仰《おつしや》ってください」

「問題っていうか」

力ずくでも来社させるしかない。一瞬、そんな考えが頭をかすめた。が、すぐにひとつの記憶がその考えを打ち消した。

いつだったか、相次いで顧客に来社を拒まれる日がつづいた。そして、今度こそと思って案内した顧客にも首を横に振られた。もう限界だった。すでに上司からの圧力は耐えがたいものになっていた。嫌がる顧客を強引にでも来社させることにした。

勘のいいその男性客は薄々おかしいと感じていたのかもしれない。すぐに色をなして、早く降ろせと声を荒らげた。シートを足蹴《あしげ》にされる感触を背中に感じながら、

「ちょっとだけです、ちょっとだけですから」

と、狭い道を縫うように車を飛ばした。次の交差点を曲がれば店舗が見えるというところで信号につかまった。急ブレーキをかけて停まった途端、乱暴にドアを開ける音が後ろでした。振り向くと、開け放たれたドアの向こうに走り去っていく客の後ろ姿が見えた。

秋元さんは半ばうんざりした様子で遠くに視線を向けている。

駄目かもしれないと思ったが、やはり引き下がるわけにはいかなかった。意を決し、なりふりかまわず懇願した。周りには道行く人がいたが、腰を折って頭も下げた。彼女は一瞬あっけにとられた表情を浮かべ、すぐに弾《はじ》けたように笑った。

結局、午後の用事に間に合うよう送り届けることを条件に、店舗に来ることを了承してくれた。

店舗まで行く途中、後部座席から忍び笑いが漏れ聞こえてきた。どうしたのかと訊くと、先の慌てた顔があまりにも漫画的で頭からどうにも離れないのだという。

そして、肩を叩くような調子でつづけた。

「大変なのはわかるけど、もうちょっと言い方ってものがあるでしょ」

背中に張り付く汗が不快に感じられた。


秋元さんを課長に引き継ぎ、営業ルームに戻った。

何人かの営業マンがデスクで作業をしている中、木村ひとりだけが立ったまま電話をかけていた。受話器を持った左手が耳にあてられ、その上から幾重《いくえ》にもガムテープで頭に固定されている。

営業マンが一件でも多く電話をかけるために、あるいは、気持ちが折れて電話をかけることから逃げないように、受話器と手をガムテープで巻きつけることはよくあった。が、包帯で巻いたかのように、頭にまでガムテープが巻かれているのはこれまで見たことがない。

木村のデスク周りが寂しく見え、唯一、顧客名簿と電話だけがあった。トイレに行くついでにゴミ箱の中に目をやった。金属製のゴミ箱の中に、ファイル、案内図面、地図帳などが乱雑に折り重なっている。木村のものに違いなかった。ゴミ箱だけでなく、よく見れば床にも様々なものが散乱している。

伊藤部長のガムを嚙む粘着質な音が、普段より大きく聞こえてくる。案内に出ている間に何があったか、その光景が容易に想像できた。

木村は顧客名簿を広げて電話をかけていた。

「もしもし、フォージーハウスの木村でございますが、先ほど未公開の新物件が出まして、ええ……あ、はい……何度も申し訳ござ――」

相手の神経質な声がこちらにまで聞こえてきそうだった。木村は頭に固定された受話器を握りしめたまま、顧客名簿に視線を落としている。

入社したての木村には電話をかけられる客がまだ少ない。広告からの反響や店舗への問い合わせ、そして直接来店してくる新規の客は、成績上位の営業マンにほとんど回されてしまう。一時間もあれば、全てのリストに電話をかけ終えてしまうほど、木村の顧客名簿は薄かった。部長の恫喝《どうかつ》に曝《さら》されながら、幾度も同じ顧客に電話をかけつづけ、断られつづけていたのだろう。

伊藤部長の棘のある声が飛ぶ。デスクを足蹴にする荒々しい音が重なった。

「木村ぁ、いい加減にしろよ、この野郎。お前のやる気のない電話のせいで店の評判がどんどん落ちるじゃねぇか。お前どうしてくれんだよ、あっ」

手近にあった地図帳を思い切り投げつけた。地図帳が木村の大きな背中に当たり、荒い音を立てて床に落ちた。

「すいません……すいません」

ガムテープの隙間から見える木村の表情は悄然《しょうぜん》としている。

ふと木村の手元に目がいった。

ボールペンを握りしめた指先に力がこめられ、血の巡りが滞《とどこお》っている。右手の指先に赤と白のまだら模様が浮かびあがっていた。支給されたばかりの木村の顧客名簿はすでに筆圧の強い字で無数の書き込みがされ、インクで黒ずんでいる。

沈黙がフロアを占めた。わずかに紙をめくる音とキーボードを叩く音が響く。

再び、苛立った声がした。

「駄目だ、電話やめろ、もうかけんな。表出て、サンドイッチマンやれ、お前にできる仕事はサンドイッチマンだけだ。死ぬ気で客つかまえろ」

部長はどこかに電話をかけはじめた。もう木村を見ていなかった。

木村が看板を探している。見つからないようなので一緒に探してやることにした。

備品の中に紛れ込んでいた看板を見つけ、手渡した。木村は俯いたまま、黙って看板を受け取った。

「大丈夫か」

そっと声をかけた。

しかし、それは余計な気遣いだった。肩を震わせながら何かを言おうとしている。言葉にならないようだった。目に光るものが見えた。

木村は看板を抱えると、何も言わず営業ルームを出ていった。

突然、怒鳴られた。

「松尾、てめぇ売れてねぇくせに余計なことしてんじゃねぇよ」

振り向くと、部長がこちらに険しい視線を向けている。胃が締め付けられる。営業ルームのドアが開いた。秋元さんの営業を終えた大山課長の姿が見えた。すぐに礼を述べ、反応を窺う。

肩に鈍痛が走った。

「どうでしたかじゃねぇよ、この野郎。てめぇ旦那の仕事訊いたのかよ、あっ。自営業じゃねぇかよ。自営は客じゃねぇ、だから明王《めいおう》出た奴は使えねぇんだよ」

二

朝礼後、案内の準備をしていると、伊藤部長に呼ばれた。

昨日の秋元さんの件で何か言われるのかもしれない。だが、そうではなかった。

「お前、来週から駒沢《こまざわ》な」

煙草《タバコ》の使いを頼むような口調だった。

「駒沢ですか」

「駒沢に異動、以上」

不意のことに動揺したが、部長はそれ以上何も言わない。

「不満か、別に辞めろってんじゃねぇんだ。いいな」

もしかしたら不満が顔に出ていたのかもしれない。

「てめぇ、何だその顔は。お前、全然使えねぇから戦力外通告。売れねぇし、辞めねぇし、明王出て偉そうだし、だから異動。いらねぇ。うちも明王大学のお坊ちゃん抱えられるほど余裕ないんだ、わかったらさっさと行け」

頭に血が上るのがわかった。

自分が全く売上に貢献していないことはわかっていた。それでも、いざ異動という形でその事実をつきつけられると平静ではいられなかった。

デスクに戻ると、中田と目が合った。その顔に当惑の色が濃く滲《にじ》みでていた。

「それにしても、いきなりだな」

何も言えず、僕は視線をそらしたままわずかに頷いた。

気持ちを落ち着かせようとするが、売れない事実は霞《かす》んでいき、身を粉にして休みなく働き通している自覚だけが明瞭に浮かびあがってくる。

目の前に積み重なった仕事をこなさなくてはならないのに、気持ちが乱れ、手に付かなかった。

「松尾、お前、駒沢行くんだってな」

小馬鹿にするような声で現実に戻された。大山課長が両手を頭の後ろに組み、体を椅子の背に預けている。細い目でこちらを見ていた。

「お前なぁ、駒沢行って楽になるからってへらへらしてんじゃねぇよ。どうせ仕事帰りに渋谷行って女でも買おうとか考えてんだろ。散々うちに迷惑かけたんだから駒沢行く前にちょっとぐらい家売って詫《わ》びろ」

視界が狭まり、目の前が白くなる。抑揚のない言い方が、かえってささくれ立った神経を逆撫《さかな》でした。

机に散らかった図面を手当たり次第に鞄《かばん》に詰め込み、席を立った。午前中に入っていた案内の時間には早かったが、一刻も早くその場から立ち去りたかった。

営業ルームのドアを開けると、背中に課長の浮薄な笑い声が聞こえた。

「松本ぉ、やべぇよ、どうする。明王くん怒らせちゃったよ」

店舗を出た途端、それまで抑えていた気持ちが噴出した。

「クソ野郎がっ」

口の中でつぶやいたつもりが、思わず大きな声になっていた。前を行く女性が怪訝《けげん》そうにこちらを振り向いている。

急いで駐車場にむかった。早くひとりきりになりたかった。

交差点に青いメガホンを持ったサンドイッチマンが見えた。その大きな体は木村に違いなかった。こちらには気が付かない。眼窩《がんか》が陰り、憔悴《しょうすい》している。朝まで会社に残っていたと誰かが言っていた。

木村の声が背後から追いかけてくる。

「武蔵小山《むさしこやま》、五千六百八十万、環境良好、整形地、駅徒歩七分、未公開物件、未公開物――」

感情的な響きはないのに、物悲しく聞こえる。

「未公開物件、未公開物件――」

だが、すぐに聞こえなくなった。

水曜日という平日にもかかわらず、渋谷の駅前は多くの人でごった返していた。真っすぐには歩けず、視界は人垣に遮られる。

ハチ公像の周辺は誰かを待ちわびる人で溢《あふ》れていた。金属製の柵に腰掛けると、ひんやりとした冷たさが伝わってくる。

圭佑《けいすけ》と待ち合わせをしていた。圭佑とは大学時代のゼミナールが一緒だった。金さえあれば盛り場に繰り出していたが、卒業後は一度も会っていない。

先日久々に連絡があった。それまでにも誘いの連絡はあったがとても会う気になれず、ずっと断りっぱなしだった。気のおけない相手とは言え、いくらか悪い気がしていた。

水曜日の夜なら、と伝えると、この日に時間を合わせてくれた。

足を組み直した。腰を下ろして人を待つのは久しぶりで、気分が穏やかになってくる。仕事の時に終始ついてまわる、自分だけ街から疎外されたような、あの感じがしない。自分が街に溶け込んでいる。

「ごめんごめん、なかなか抜け出せなかった」

スーツ姿の男がこちらを見下ろしている。懐かしい顔だった。

丸の内にある大企業に就職した圭佑は、学生時代とは打って変わり、見違えるほど落ち着いて見えた。細身の上質そうなスーツを身に纏《まと》い、手には白の縫い目が効いたキャンバス地の鞄を下げている。その姿は自信が充溢《じゆういつ》しているように映った。

僕らはハチ公像から離れ、井の頭線の高架下にある信号を渡った。

圭佑はこちらを何度も見ながら、不動産屋はジョークかと思ったが意外にも板についている、とおかしそうに言った。

「髪型がなんか不動産屋っぽい感じがする。なんか決まりでもあんの」

「いや、そんなのないけど、毎月、髪切ってたらだんだん短くなって、気付いたらこうなってた」

言われてみれば、学生の時はだらしなく伸ばしていた。

「営業の合間に髪切りに行くの？」

「日中は自分のことは何もできないよ。それに営業から帰ってきて髪型変わってたら髪切ってきましたって言ってるようなもんだろ。そんなことしたら殺される」

でも一日も休みがないんだろ、と圭佑は返した。

不動産屋のかき入れ時である土日が休みのはずはなかったが、一般的に不動産屋が休日とする水曜日は形の上では休みとされていた。が、実際は、普段より早めに帰宅することはあっても、誰ひとり休もうとはしない。上役も出社しているため休める雰囲気はなかった。

「すぐそこの道玄坂に朝までやってる店があってそこに仕事終わったあと切りに行ってる。キャバクラとかホストとかここらへんで夜の仕事している人向けの店らしいんだけど、昼間に行けないからそういうとこしかないいんだ」

私用は業務時間外に済ませる必要があった。スーツとワイシャツは、クリーニングの受け渡しを代行している近所のコンビニエンスストアに、週に一度まとめて出していた。

「そんなのあんの」

圭佑は驚いてこちらを向き、

「キャバ嬢に囲まれて不動産屋が髪切られてる絵は想像しただけでおかしいな」

と声をあげて笑った。

通りには赤や黄色の提灯《ちょうちん》が点々としている。通りの先で足元の覚束《おぼつか》ないサラリーマン風の男性が、引き戸に体をぶつけながら赤提灯の下がった焼き鳥屋に入っていくのが見えた。

「胃が荒れてあまり食えないから、どこでもいいよ」

そう促すと、圭佑はストレスだな、と曇った表情を浮かべた。

横で水商売風の際どい恰好《かっこう》をした二十代に見える女と、五十前後の男が肩を寄せ合って呑んでいる。時折、男の野卑な笑い声が聞こえてきた。

圭佑と乾杯し、僕は、グラスに注《つ》がれたビールを一息で呑み干した。

「酒は平気なの、胃が荒れてんだろ」

食事はあまりとれなかったが、酒だけは毎晩呑んでいた。仕事を終えた深夜、帰る途中のコンビニエンスストアで缶ビールを二本買い、一本に夜道を歩きながら空け、もう一本は寝る前に空けた。自宅の台所のシンクにはなかなか捨てられずにいる空き缶が整然と並んでいる。

圭佑の言葉には弾みがあった。職場の環境に恵まれ、仕事も徐々に任されるようになり、やりがいを感じているようだった。平日は夜遅くまで残業することがあっても土日は休みをもらえているらしい。社会人になってからはじめたゴルフをしたり、社内外の女性と流行《はや》りのレストランで会食したりして、学生の時とは異質だが充実した時間を過ごしていると話した。

「そっちはどうなの、まさかの不動産営業マンは。ゴリゴリの営業なんだろ」

売れたり売れなかったりといってお茶を濁そうとしたが、見栄《みえ》を張る必要などないと思い直した。

「仕事も大変だけどとにかく眠い、毎日七時半出社で帰りは終電過ぎ。今日みたいな水曜日は早めに帰れるけどそれでも疲れが全く抜けない、一万払ってもいいからもう一時間寝たいよ」

自分で言っておきながら、舌打ちしたくなった。会社に入るまでは、いや、入ってからも仕事の愚痴を口にする大人をいい風には思っていなかった。それが、今は自分から率先して疲れたサラリーマンを演じている。

「車で一日中営業するんだけど、客がいるときはどうにかなる。でも、客が降りた途端、赤信号の度に気絶して、その度にクラクションで起こされる。眠いのだけは本当にどうにもならない」

気まずさを振り払うように、ふざけた調子で言った。

いつの間にか隣にいた水商売風の女とその客と思《おぼ》しき男はいなくなっていた。店員を呼び、日本酒を注文した。コップに注がれた酒はすぐに溢れ、枡《ます》に零《こぼ》れおちた。枡の縁に盛り上がった透明な液体を、口づけをするようにして呑む。小さな火が点《つ》いたように胃が熱くなった。ビール以外の酒は長いこと口にしていなかった。

「この間、大学の時の奴らと酒呑んだけど、皆、お前のこと心配してたよ」

圭佑は思い出したように言った。

「心配してるんじゃなくて成り行きを楽しんでるか、単に憐《あわ》れんでるだけだろ」

力が入り、思わず投げやりな言い方になった。

大学時代の友人は、圭佑のように名の知れた大手企業か官公庁に入ったり、若手中心の派手なベンチャー企業に採用されたり、あるいは大学院に進学したりしている。特別な理由や明確な目的もなく、大手でもない不動産屋に就職したのは自分ぐらいだった。

「まぁそういう奴らもいるのかもしれないけど」

そう言って圭佑は切り出した。

「今の仕事ずっとつづけんのか。不動産屋で食ってく気はないんだろ、大変そうだし、仕事がうまくいっているわけでもなさそうだし。さっさと辞めてもう少し自分に合った仕事に変えろよ、探せばいくらでもあんだろ」

顔は赤かったが、冗談とも本気ともつかない口調からは、誰かに頼まれているという感じはしなかった。

「辞めるのは簡単なんだけどな」

人材の入れ替わりが激しい不動産業界では、社員の退職は日常茶飯事で、辞めるとひと言口にすればそれで片はつくはずだった。実際、三十人程いた同期は、一年ちょっと経った今、僕と中田を含め六人しか残っていない。

角皿に手つかずのひれ焼きが残っている。圭佑は二合目の日本酒に口をつけてから、躊躇《ためら》いがちに言った。

「めぐみも気にかけてる、本人はそんなそぶりを見せないけど」

久しぶりに耳にした名前に、胸がざわついた。

めぐみとは、ずっと連絡をとっていない。卒業後、外資系の化粧品会社に就職したことをいつか人づてに聞いたぐらいだった。

鮮やかな記憶が蘇《よみがえ》り、胸が締め付けられるような気がした。

社会人になってからは大手保険会社に勤める年上の男と付き合っているらしい、と圭佑はそれとなくつづけた。

僕は黙って、酒を呷《あお》った。睡眠不足と疲労のせいか、階段を転がり落ちるように酔いがまわっていった。

「すいません、御勘定《おかんじょう》お願いします」

圭佑が店員を呼びとめた。鞄から財布を取り出そうとすると、

「今日は俺が出すよ」

質のよさそうな濃紺の革財布を持ってこちらを制した。嫌みのない言い方が学生時代にはない余裕を感じさせた。不意に馬鹿をしたくなった。

「じゃんけん、じゃんけんで決めよう」

圭佑はわからないという顔をした。

「じゃんけんで負けた方が勘定を持つ」

この単純なゲームは、今の僕にとってちょっとしたものだった。店舗では何かを決めごとをする際にじゃんけんが採用される。

例えば、夕食の代金。仕事が深夜までつづくため、夜の食事は近くにある蕎麦《そば》屋《や》などに店屋物を頼む。この代金を賭けて毎晩じゃんけんが行われた。負ければ、十数人分の食事代をたったひとりで負担することになる。

例えば、歩合給。営業マンの給料には固定給の他に、歩合給がある。歩合給は、家を売るごとに売買手数料の数パーセントが営業マンに支給されるが、仕事に失敗したり、遅刻をしたりすると、この歩合給が犠牲になった。

営業マンが何か失態を犯すと、

「大じゃんけんぽん大会、開催っ」

上役の宣言があり、彼の歩合給を賭けたじゃんけんが盛大に行われる。

そこまで聞いて、

「本当にとんでもねぇとこだな。まぁ、面白いじゃん。やろうぜ」

圭佑は笑って言った。

店員が計算の終わった伝票をカウンターの上に置いた。僕らは腰を落とし、構えるような姿勢になると、視線を合わせ、間《ま》をはかった。

ひどい嘔気《おうき》で目が覚めた。断続的に金槌《かなづち》か何かで叩かれるような偏頭痛がする。自分がどこにいるのかよくわからない。だが、すぐにそこが見慣れた自分の部屋であることが知れた。

不意に胃が締め付けられ、こみ上げてくる。ふらつきながらトイレに駆け込んだ。何も出なくなるまで何度も戻したが、一向に嘔気がやまない。見ると、スーツを着たままだった。皺だらけになったスーツには見覚えのない汚れが点々と散っている。

昨夜、渋谷からどのように自宅まで帰ってきたのか思い出せない。

再び横になったが、余計に気分が悪くなる。起き上がりベッドに腰掛けてみても、何も変わらない。

カーテンの隙間から一条の光が差し込んでいた。塵《ちり》か埃《ほこり》か、宙に舞う姿が朝日をうけて白く輝いて見える。時折せり上がってくる嘔気をなだめながら、朦朧《もうろう》とする意識の中でそのきらめきをしばらく見つめていた。

ふと思った。

――そういえば……。

すっと血の気がひいた。

「今、何時だ」

思わず声に出していた。

慌ててベッドに転がっている目覚まし時計をつかみ寄せた。

会社に間に合うかどうかぎりぎりの時間だった。

この体調ではとても行かれる状態ではない。しかし、会社に行くという選択以外に何があるわけでもなかった。

「駄目だ、呑みすぎた」

絞り出した声は掠《かす》れている。喉元は灼《や》けたように渇ききっていた。

伊藤部長の声が頭に響く。

割れそうなほど頭が痛かった。それでも顔にだけは出さないようにした。少しでも隙を見せたら面倒は避けられない。

朦朧としたまま堪《こら》えていると、部長の鋭利な声にひき戻された。

「木村ぁ、お前、まだ辞めてねぇのかよ。辞めるか売るかはっきりしてくれよ、なぁ。お前のそのやる気のない面《つら》が周りの士気を落とすんだよ。わかってんのかよ、てめぇ」

吠《ほ》えっぱなしの部長の怒号がますます気分を悪くさせる。木村への同情よりも、少しでも早く朝礼が終わってほしかった。こういう時に限ってなかなか終わらない。

不意に、嘔気を催した。喉元までせり上がったものをすんでのところで呑みこむ。酸味が口の中に広がってゆく。一瞬、部長がこちらを見た気がした。気のせいだった。

午前中に入っていた案内は運よく佐伯《さえき》さんだった。

佐伯さんは四十歳の未婚女性で、妖艶な雰囲気を放ち、一見するとその年齢も普段何をしているのかもよくわからない。実際は、ちょっとした資産家で、一度だけ土地を買ってもらったことがあった。その後も、案内がどうしてもとれないときは、「ドライブ」と称して付き合ってもらっていた。

二子玉川に程近い佐伯さんの自宅前に車を停めた。不動産屋の車を自宅前につけられるのを嫌う客は少なくない。が、佐伯さんに限ってはそういう配慮は必要なかった。佐伯さんの細かなことを気にしない気風《きつぷ》のよさが僕は好きだった。

「あら、どうしたの、その顔。具合でも悪いの」

佐伯さんが顔を見るなり言った。

僕は、正直に二日酔いであることを告げた。

「学生じゃないんだから、そんなになるまで呑んだら駄目じゃない。酒は呑んでも呑まれるな、よ」

「どうもすみません、せっかくお時間もらっておきながらこんなんで」

「いいのよ、若いときはたくさん失敗するものよ。でも若いっていいわね、私も若いときにもっと馬鹿なことをするべきだったわ」

佐伯さんは昔を思い返すような表情で口元をゆるませた。

まだまだ佐伯さんは若いですよ、と口に出そうと思ったが、この状態では文字通り苦し紛れのお世辞になりそうなのでやめた。

「それより今日は休んだらどうなの、今にも死にそうな顔よ」

僕が力なくそれはできないのだと告げると、ちょっと思案して言った。

「今日はもうドライブはいいわ、そんなんじゃまともに運転できないだろうし、事故が起きたらどうするのよ。お店には行かなきゃ怒られちゃうんでしょ、行ってあげるから今日は私の買い物に付き合って。いいでしょ」

佐伯さんが助手席に線の細い体を入れた。

ピアノ線のように張り詰めた日々の中で、時折もたらされるこうしたささやかな救いがなければ、とっくに辞めてるな、と思った。

「私、買い物してくるから、あなたは車で休んでて。一時間ほどしたら戻ってくるから」

そう言い残して佐伯さんはデパートの駐車場を後にした。

すぐにハンドルの上に突っ伏し、目を瞑《つむ》った。天地がひっくり返ったように頭の中が回転する。何度も嘔気が押し寄せてきた。僕は、眉間《みけん》に皺を寄せて、耐えることしかできなかった。

ドアをノックする音がする。

外で佐伯さんが紙袋をいくつも抱えてこちらをのぞいていた。いつの間にか寝入っていたらしい。買い物に行ってから一時間以上過ぎていた。まだ五分も経っていないような気がする。

「どう、具合は。少しはよくなったかしら」

ペットボトルの水を渡してくれた。

礼を言ってペットボトルを受け取った。火照《ほて》った体に水の冷たさが伝わってくる。口を湿らせるだけにした。胃に入れると、吐いてしまいそうだった。

紙袋を車に積み込み、店舗にむかった。佐伯さんと話をしているだけでいくらか気が紛れてくる。

「松尾、お客様をお送りしろ」

大山課長から声がかかった。

店舗の入口で佐伯さんが待っていた。

「お腹空《なかす》いたし、さっさと帰るわよ」

ヒールの音を鳴らして駐車場の方へ歩いていく。どうやら首尾よく芝居を打ってくれたようだった。

佐伯さんは肝の据わった人だった。物件など見て回ってもいないのに、そうしたことを少しも感じさせないばかりか、買う気がないわけではないといった態度で課長に対応してくれる。すでに土地を買い、その上で、豊富な財力が前提になっているとはいえ、多くの客を落としてきた課長と何でもない風に対応できる客はそういない。

帰りの車中、佐伯さんは独り言のように課長をこき下ろした。

曰《いわ》く、課長は女を見る目がない。曰く、金が全ての判断基準になっている。曰く、シルエットの古いダブルのブランドスーツと金無垢《きんむく》の高級腕時計がいかにもバブル世代。曰く、外食ばかりで手料理の味を知らないタイプ。曰く、偉そうにしてるけど、小さい頃はいじめられていた側――。

どれもとるに足らない内容だったが、課長をあげつらうことでこちらを勇気づけようとしてくれていることがうっすらと伝わってくる。

「仕事もいいけど、体壊したら元も子もないわ。とにかく――」

車から降りる際、佐伯さんが言った。

「今日の貸しは大きいわよ」

からかうような、それでいて本気ともとれる、蠱惑《こわく》な眼差《まなざ》しをこちらに向けて、彼女は車を離れた。

胃を直接つかまれるような嘔気と金槌で叩かれるような頭痛が繰り返し襲ってくる。時刻は十三時半を少し回ったところだった。仕事から解放されるまでの時間を考えると、気が遠くなりそうになる。とても持ちそうになかった。

顧客に資料を届けることを口実に外に出ることにした。資料を届けること自体は営業活動を補完することにしかならず、仕事をしていないと見なされる場合がないわけではない。ただ、それも案内が入っていないときだけで、案内を切れ目なく入れている以上、咎《とが》められる可能性は低かった。

ホワイトボードの行き先に大崎《おおさき》と記し、営業車を世田谷《せたがや》の岡本に走らせた。東名高速道路を挟んで、砧《きぬた》公園の向かいに位置する岡本は、古くからの住宅街が広がり、新たな宅地開発がそれほどされていない。比較的、他の営業マンと遭遇することが少ないエリアだった。

通りからは死角になる旗型の駐車場に車を停めた。住宅街の中に孤立するようにあるこの場所は、誰にも邪魔されることのない密《ひそ》かな休息場だった。

窓を少しだけ開けると、涼やかな風が車内を通りぬける。駐車場に面した塀からは枝を大きく空に伸ばした桜が風に揺れ、花弁が舞っている。張り出した桜の枝がちょうど車を蔽《おお》うようにかぶさり、適度な木陰をつくっていた。

ネクタイをゆるめ、リクライニングを倒した。胃の不快さと頭痛は変わらずつづいていたが、それでも気分は違う。

僕はいくらか安らいで目を閉じた。

頭の中がコーヒーカップの遊具に乗ったようにゆっくりと旋回する。次第に意識が遠のいていく。

とろとろとした眠りの中、電話の音で目が覚めた。陽が傾き、日差しが眩《まぶ》しい。全身にぐっしょりと汗をかいていた。

急いでサイドシートに転がっている携帯電話を手にとった。が、ディスプレイは何の着信も示していない。電話の音は鳴りつづいている。会社から貸与されている携帯電話ではなく、私用の電話が鳴っていた。

スーツの内ポケットから取り出すと、十一桁の番号の上に「山口真智子《まちこ》」と表示されていた。見覚えのない名前だった。

電話に出ると、女性の消え入りそうな声がした。

「私だけど……わかる？」

頭を巡らしてみたが、山口真智子という名前に思い当たる節がない。適当に相槌を打ち、話を先に進めた。

「どうしたの」

「昨日ちゃんと帰れたかなと思って、ひどく酔っ払ってたから」

それでわかった。昨夜、二軒目に入った店で話した女だった。いつの間に連絡先を交換したのだろう。一軒目の鰻串屋《うなぐしや》を出た後の記憶が朧気《おぼろげ》ながら蘇ってくる——。

酔いで火照った体に夜風が気持ちよかった。看板や店から放たれる光がやたらと眩しく映った。通りには酔客をつかまえようと、派手なドレスを着た女や黒服が道行く人に声をかけている。

「こんばんは、一杯どうですか」

深紅のドレスを着た女がチラシを配っている。体のラインがくっきりと表れた青いショートドレスの女が、お願いします、とつづいた。

「二軒目どうですか、お安くしますよ」

黒いダブルのスーツを着た小太りの男がこぼれそうな笑みを浮かべて近づいてきた。

「もう次はお決まりですか、いいとこありますよ」

小走りでしつこく付いてきたが、圭佑がさりげなく、しかし、はっきりと断った。小太りは諦め、再び客を探しはじめた。

次の店を求め、夜の街を歩いた。圭佑は気を回し、こちらの明日を心配したが、僕は心配無用と退けた。普段口にしない日本酒を呑み、いくらか気が大きくなったせいもあった。が、気兼ねのいらない友人との時間をこのまま終わらせてしまうのはどうにも惜しい気がした。

炭火の匂いがあたりに漂う。井の頭線の高架下は周辺の焼き鳥屋から流れる煙で空気が淀んでいた。交差点に面した店の窓からは白光が漏れ、サラリーマン風の人たちの赤らんだ顔が見える。

「兄貴、どうすか。お安くします、かわいい娘《こ》います」

黒いスーツを着、耳にかかる髪を金色に染めた男が脇から声をかけてきた。派手な髪型以上に、その体型には大きすぎるスーツがいかにも客引きの風体《ふうてい》を醸し出していた。

圭佑は足を止め、どうする、とこちらに顔を向けた。圭佑に任せた。酒が呑めればどこでもよかった。

僕たちが呼び込みを前にして話し込んでいるのを迷いと見たのか、他の呼び込みも集まってきた。

「兄貴、うちは呑み放題、一時間四千円でやります、すぐご案内できます」

「うちは女の子の数じゃ負けないです、揃《そろ》ってます。来ていただけたら最初の一杯サービスビールやらせていただきます、どうすか」

「いや、うちは今日本当にすごいです。ナンバーワンの娘つけます、お願いします」

圭佑が、とかいって今日は忙しいでしょう、とまぜっ返すと、

「そんなことないですよ、全然ですよぉ」

と口々に漏らした。手を前に組み、おもねるような言い方だったが、かすかな切迫さが滲みでていた。

金髪の客引きが宣誓するように片手を真っすぐに挙げて一歩前に踏み出した。こちらがどうするか決めかねている態度を冷やかしではないと判断したようだった。

「兄貴、自分最初に声かけました、お願いします、お願いします」

客引きの表情にすでに笑みはなかった。

それをきっかけに他の客引きからも、お願いします、と次々に声があがった。

圭佑が値段を訊いた。

「お一人様一時間四千円がぎりぎりなんです」

背の高い、リング状のピアスをした男が答えると、圭佑はいかにも不満といった感じで歩き出した。

「ちょ、ちょっ、兄貴、ちょっと待ってください、それ以上そっち行っちゃうと自分行けなくなっちゃうんですよ」

ダブルのスーツを着た客引きが、つんのめるように両手を宙に伸ばし、慌てて制した。このあたりは呼び込みのできる場所が細かく決まっているらしい。

圭佑は意外にもあっさりと値切ることをやめた。端《はな》から値段なんてどうでもよさそうで、客引きたちとの駆け引きを楽しんでいるように見えた。主導権は圭佑が握っていると思ったのか、客引きたちはこちらを見向きもしない。

「よし、じゃあ、じゃんけん」

唐突に圭佑が提案した。客引きたちは事態が呑み込めないとでもいうように、目を丸く見開いた。

「じゃんけん。じゃんけんに勝ったところに行く」

断定的な口調でつづけた。圭佑は一瞬、こちらに顔を向けて薄く笑った。

「兄貴、自分先に声かけましたよ、たのんますよぉ」

金髪の男が承服できないと上半身をくねらせている。他の客引きも「兄貴、兄貴」と言ってごねた。

「はい、じゃんけんじゃんけん、男の一発勝負」

圭佑が遮ると、意外にもすんなりと応じた。

黒服を着た男たちが通りの真ん中で輪になり、じゃんけんをしている。圭佑が黒い輪の傍に立ち、腕を組んで見守っていた。時折、「あいこでしょっ、しょっ」という切れのある声があがる。道行くサラリーマンが不思議そうな顔をして通り過ぎていく。

やがて黒服の中から、よしっ、という声がした。

「勝ちました勝ちました、自分勝ちました、自分です」

金髪の男が右手を高々と挙げて勝利を宣言している。負けた客引きたちはあっという間に散っていった。

「不動産やってると、よく行くんだろ」

客引きの背中を追いながら、圭佑が口を開いた。

「行かないんだ、他は知らないけどうちは休みがないから全然。年に数回ある行事以外は基本的に会社の奴らと呑みにも行かないし、上の人間は知らないけど他はみんな呑むより早く家帰って寝たいと思ってる」

店は雑居ビルの三階にあり、薄暗い店内は客が十人も入れば一杯になりそうだった。

鼻筋の美しく通った女が圭佑についた。後ろが大きく開いた濃紺のロングドレスからのぞく、伸びた背中が艶《なま》めかしく映じる。圭佑は仕事の付き合いでしばしば遊んでいるらしく、気後れすることなくすぐに打ち解けていた。

少し遅れて、隣のボックスにいた女が僕の隣に腰を下ろした。圭佑についた派手な女とは違い、一瞬どうしてここにいるのだろうと思ったほど、化粧気のない女だった。それでも、よく見れば目鼻立ちの整った顔つきに、やわらいだ表情を浮かべている。女はいささか慣れない手つきで酒を作りはじめた。

話してみると意外にも明るかった。職業的な押し付けがましさがなく、無理に話そうとしない感じがこちらの気を楽にさせた。

訊けば、普段は大手町にある貿易関連の会社で事務の仕事をしているという。友人に誘われて体験入店をし、今日がはじめてなのだと決まり悪そうに口にした。

「どうしてもって言われたからやってみたけど、でも、やっぱりこういうの向いてなかったみたい」

彼女は人懐っこい笑みを見せた。

圭佑の隣に座った女が手を叩いて笑い声をあげた。圭佑が身を乗り出して熱心に話しかけている。店内は騒がしく、二人が何を話しているかはわからなかった。

「お金に困ってるわけでもないし、だから――」

彼女の声にはこちらの気持ちをどこか落ち着かせる響きがあった。

その後も彼女と何か話をした、気がする。もしかしたら大して話をしてないのかもしれない。ただ、確からしいのは、呑み慣れない水割りを三杯か四杯、あるいはもっと、呑んだことだった。

他にどのような話をしたのだろう。だが、それ以上思い出せなかった。

「ねぇ、また逢って話せる？」

大変だなと思った。昼間から僕のような金のない若造に電話をかけている。彼女も決して楽ではないノルマが課せられているに違いなかった。

「もちろん、また今度遊びに行くから、その時に。行く時は連絡するから」

そう言って切ろうとした。とても力にはなれそうになかった。

「そうじゃないよ、あの店にはもう行かないから」

彼女の言う意味がわからなかった。

「他の店に移るってこと？」

「違うちがう、もう辞めたの。昨日話したでしょ」

そう言われれば、そんなことを話していた気もする。

どこか喫茶店にいるのだろうか、カチャカチャと食器の触れ合う音が、彼女の声の背後からしきりに聞こえてくる。

時折、風が吹きわたり、その度に桜の花弁がいくつか舞い上がる。宙にたゆたう花弁の群れを眺めていると、自分がどこにいて何をしているのかすら曖昧になってくるようだった。

急いで店舗に戻ったときには、中田が案内を終えてデスクにいた。中田以外にも営業マンが何人かいたが、部長と課長は見当たらない。

「死神みたいな顔してるぞ」

「死ぬほど呑んだ、最悪だ」

中田が憐れむような表情を浮かべた。

一息つく間もなく、課長が商談から戻ってきた。

じっと作業をしていると、思い出したように嘔気がこみ上げてくる。確か中田が胃腸薬を持っているはずだった。まだ先は長い、気休めぐらいにはなるかもしれない。

机にむかっている中田にさりげなく声をかけた。中田は何も言わず、引き出しの中を探し、図面の間に挟むようにして机越しに渡してくれた。

礼を言い、手を伸ばして受け取ろうとした時、中田の動きが止まった。怪訝に思い、中田の顔を見た。その表情は慄然《りつぜん》とし、視線は僕を追い越している。

ガムを噛む不快な音が間近で聞こえる。

振り向くと部長が目の前に立っていた。咄嗟《とっさ》に声が出そうになった。睨《にら》むのとは違う。一見、平静にも見える。瞬《まばた》きひとつしないその眼は真っすぐこちらに向けられていた。

次の瞬間、腹部に鈍痛が走り、椅子か何かが足にぶつかって、派手な音がした。気付けば床に頽《くずお》れていた。

息ができず、獣のような曇った声が漏れ出た。喘《あえ》ぐ口から、胃の中の液体がだらしなく流れ、床に広がっていく。

「ちょっとは、醒《さ》めたか。最後までなめたことしてくれるじゃねぇか、このタコが」

罵《ののし》られ、腰のあたりを容赦なく蹴りあげられた後、地図帳だか電話帳だかが投げつけられた。

上から大山課長の怒声が降ってきた。

「松尾、てめぇ、髪ペタッてさせて澄ました顔しててんじゃねぇよ。てめぇがサボってることぐらいすぐわかんだよ。さっさと、駒沢に消えろ」

言われて髪に手をやった。後頭部の髪が不自然な形状に固まっていた。しまったと思ったが、遅かった。リクライニングシートに頭をつけて寝たせいで、髪の乱れが整髪剤でそのまま固まってしまっている。頭痛と気分の悪さでそこまで気が回らなかった。

胃を丸ごと吐きだしたかった。だが、喘ぐ口からは粘度のある液体しか出てこなかった。

午後十時を回ったところだった。

フロアではほとんどの営業マンが、翌日の案内の約束をとりつける電話を終えていた。いまだ案内のとれていない営業マンは焦りの色を浮かべて電話をかけつづけている。

部長と課長に挨拶をしておこうと思った。先日うけた仕打ちもあり、挨拶などしたくもなかったが、しないことが逆に自ら白旗を振るような行為に思えた。

端末のディスプレイを睨んでいる部長に声をかけると、顔をあげて言った。

「おう、明日だったな。駒沢行っても頑張れよ」

皮肉のない、労《ねぎら》うようなやさしい響きだった。

拍子抜けして、しかしすぐに悔しさがこみ上げてくる。どうせなら最後まで暴力的であってほしかった。たったそのひと言でこれまでの全てが清算されてしまったような気がした。

部長と課長はやがて店舗を後にした。

古い図面をはじめ、今後不要と思われるものは全て破棄し、目につくものから段ボールに放り込んでいった。明日、水曜日に荷物を駒沢支店に運び、翌日から正式に配属されることになっている。

一番下の引き出しから入社当初使っていた顧客名簿が出てきた。表紙はすでになく、剝《む》きだしになった紙の束は、端が手垢《てあか》や黒鉛で黒ずみ、擦り切れている。中をめくると、鉛筆やボールペンの細かい字でびっしり埋め尽くされていた。最初は丁寧な字で記されていた客の名前やメモが次第に締まりのない崩れた字になってゆく。ところどころ、力に任せて塗りつぶし、穴が開いた箇所もあった。

客の名前や走り書きのメモを眺めているだけで、それら一つひとつに付随する記憶が蘇ってくる。わずか一年ほど前のことなのに随分と昔のことのように感じられた。

「一緒に帰ろうぜ」

段ボールにガムテープを貼り終えたところで、中田が声をかけてきた。

帰り道の途中にあるコンビニエンスストアで缶ビールを一本ずつ買い、その場で開けた。

「明日、駒沢行くの？」

「行くよ。明日荷物を駒沢に運んで、明後日《あさって》の木曜から正式に働くことになってる」

店の外で中田と話したのはいつだったろう。

ふと、気になって訊いた。

「このまま不動産屋つづけんのか」

「俺はお前みたいに学がないし、これといった何かがあるわけじゃないから、このまま家売るよ。ローンも組んじゃったし」

中田は高校時代から付き合っていた彼女と結婚し、年のはじめに大田区の一戸建てを買った。彼女も働いているし、部屋を借りるのは損だから、と家を買う際に話していたのを覚えている。

中田が家を購入するという話を聞いたとき、少なからず驚いた。自分とさほど年齢も変わらず、仕事の内容も同じ。稼ぎもそれほど差があるわけではない。にもかかわらず、家を買ったというだけで、自分とは違う世界を生きているような気がした。

家を売る仕事をしている以上、自分がその家を買うことを考えたことがないではなかった。が、賃貸のワンルームに不満はなく、中田のように養うべき家族もいないため、真剣に考えたことはなかった。いや、それよりむしろ、数十年のローンを組むことが自分の未来を確定させてしまうようで、それがひどく恐ろしいことのように思われたのが本当のところかもしれない。

缶ビール一本のささやかな送別会だったが、僕にはそれで十分だった。

店の前に口を開けて並ぶゴミ箱に空になった缶を投げこみ、タクシーをつかまえるため通りまで歩いた。

午前中に駒沢支店に荷物を運んだ。店舗までは駒沢大学駅から歩いて五分もかからなかった。

駒沢支店は、一戸建て売買の総本山ともいわれる都心城南エリアを根城とし、重要支店のひとつとされている。が、自社ビルである恵比寿の本店に比べればいささかこぢんまりしていた。

新しい上司である部長と課長に挨拶をしようと思ったが、外に出ている、とのことだった。

この日までは恵比寿店に属していることを理由に、午後七時前には店舗を後にした。入社以来、こんなに早く会社を出たのははじめてのような気がする。

駒沢から地下鉄で渋谷に出て、山手線《やまのてせん》で新宿にむかった。

学生のとき以来の山手線は、どこか懐かしい。時間帯がまだ早く、車内はサラリーマンだけでなく、様々な人が乗り込んでいる。

分厚い資料に目を通すスーツを着た女性、イヤホンを耳にかけスポーツ新聞をぼんやり眺めている中年の男性、出勤途中と思しき水商売風の女性、進学塾のエンブレムが縫いこまれたリュックを背負う小学生の集団、携帯電話の画面を食い入るように見つめている学生風の男性、デパートの紙袋を下げた老夫婦。その中に自分がいることが、何だか落ち着かない。

渋谷、原宿、代々木……。新宿に着くまで車窓から見える景色を眺めていた。ビル、店、看板の照明、マンション、街灯、そして通りを走る車、街には様々な光が溢れ、そこに蠢《うごめ》く人々の姿を露わにする。これから一日がはじまる人とようやく一日が終わる人の生々しい息遣いが等しく聞こえてきそうだった。

駅前は先日の渋谷と同じくらい多くの人でごった返していた。

待ち合わせの相手はすでに新宿駅西口の地上出口におり、自分もそこに確かにいるはずなのに、なかなかその姿を見つけられない。

「目の前に何が見える？」

携帯電話を通して訊いた。

「バンドが演奏してる」

すぐ正面に演奏しているグループがいる。

マイクを通したボーカルの声はねっとりとした夜気の中で澄みわたり、多くの人が足を止めて聴きいっていた。周辺には、彼らを除いて、弾き語りをしているミュージシャンも見当たらない。

山口真智子。携帯電話に表示された名前は、どこにでもありそうで、通りを行き過ぎる無数の人々と同じくらいよそよそしいものだった。酔いの中、肩を寄せて話したはずなのに、まるで見知らぬ誰かと待ち合わせをするような妙な緊張が意識される。

ふと横を向くと、彼女がそこにいた。人違いかとも思ったが、見ればやはり彼女だった。

かろうじて記憶に残っている女とは、別人のように映る。つい先週顔を突き合わせて話をしたにもかかわらず、ぼんやりとした顔や輪郭しか頭に描けない。それでも、店にいたときよりもずっと魅力的だと思った。

細身のデニムに白いシャツ姿は、どことなく不自然だったドレスよりずっと似合っていた。あまり寛《くつろ》いだ印象をうけないのは、踵《かかと》の高い靴のせいだけでなく、張り付くような着こなしが体の線を際立たせ、全体に凛《りん》とした緊張感を醸しているからかもしれない。結いあげていた髪は下ろされ、濡《ぬ》れ髪のように艶やかだった。

「なんだか感じが違うな」

何と言っていいかわからず、野暮な言葉が口をついて出た。明るいところで見ると、薄暗い店の中では化粧気がなく地味と思えた雰囲気は、むしろ自然で穏和な感じをこちらにあたえる。

「今日はドレスじゃないから」

彼女は照れを隠すように陽気に笑った。胸がかすかに高鳴る。

どこで食事をするか決めていなかった。

「お腹空いてるからどこでも」

学生時代によく利用した店を思い出し、行ってみたくなった。駅から離れ、ゆっくりできそうな気もする。客待ちをしていたタクシーに乗り込んだ。

店にはすでに四、五組の客がおり、テーブルの上に並べられたいくつもの料理に箸をのばしていた。

「一九八七」

年季の入ったメニューを眺めながら彼女がつぶやいた。

「どうした」

「この店、一九八七年に創業って書いてあるから。私まだ生まれてないと思って」

そう言えば、まだ彼女の年齢を知らなかった。

「生まれたの、いつ」

彼女が訊く。

「いくつに見える」

彼女はこちらをじっと見た後、わからないと言って微笑《ほほえ》んだ。

「創業元年、この店と一緒」

この店と同じだけ生きてきた。

「そっちは」

彼女はちょっと考えるふりをして、

「創業三年目」

と、おどけて答えた。

彼女と言葉を交わすと凝り固まった神経が解きほぐれてゆくようだった。風があるせいか、夜の街は空気がさらさら流れ、嫌な感じがしない。交差点を右に折れ、舗装された道を歩いた。

長くつづく道の両脇には高層ビルが林立している。それぞれのビルの敷地は広大で、五十階前後の高層ビルが立ち並んでも圧迫感はない。むしろ開放的な感じさえした。車道は片側三車線で、歩道もツツジの生け垣を除いても十分すぎるぐらいの余裕があった。道に遮るものはなく、真っすぐのびている。

「美味しかった、ごちそうさまでした」

彼女ははじめて口にしたというカンボジア料理が気に入ったようだった。胃腸の調子が悪くあまり料理に手をつけられなかったが、ビールを呑み、彼女と何でもない話をするだけで満たされた。

広い車道に車はほとんど通らず、歩道にも人の歩く姿は見えなかった。あたりは寂寞《せきばく》とし、都心であることを忘れてしまいそうになる。

微風が肌に触れる。

彼女の髪がなびき、耳元の飾りが揺れた。風がやみ、すぐにそれは隠れた。

「風、気持ちいいね」

陶然とした表情でそっと口元をゆるめた。

僕は彼女に視線をのばしながら、都会にあるこのひっそりとした道がどこまでも曲がることなくつづいていってほしい、と思った。

三

「おめぇらよ、もっと売れよ、売って売って売りまくって俺をちょっとぐらい喜ばせてみろよ、この野郎」

早口で乱暴な口調、そこに独特なイントネーションが加わり、ひどく聞きとりづらい。どこかの方言のようにも聞こえるし、単に言葉が崩れているようにも聞こえた。

駒沢の店舗をとりしきる部長は山根という中年の男だった。眼光は多少の鋭さを帯びるものの、がに股で肩を揺すって歩く姿は、どことなく冴《さ》えない印象をうける。恵比寿の伊藤部長と比較するといささか迫力に欠けた。が、初日の朝礼でそうした淡い期待は打ち消された。

「シシ丸よぉ、おめぇ、いつになったら売れんだよ、この野郎」

そう言うと、上半身を少し反らせて前蹴りを放った。シシ丸氏は一瞬、泳ぐように宙を掻《か》き、派手な音をたてて後ろに倒れた。

山根部長は、傍で気まずそうにしている営業の女性に気が付くと、態度を出し抜けに変えた。

「サトちゃーん、サトちゃんは心配することないからね、いい客つけるから大丈夫だよぉ」

さほど美人には見えなかったが、均整のとれたプロポーションで、念入りな化粧をしていた。恵比寿でも営業の中に女性社員はいたが、ここまであからさまに特別な扱いをされてはいなかった。理不尽の矛先がいずれ自分にも向けられることを考えると、これから先のことが暗鬱に感じられる。

朝礼後、山根部長のもとに挨拶に行った。部長はこちらの顔を認めると、野卑な笑みを浮かべながら皮肉っぽく言った。

「伊藤ちゃんから聞いてるぞぉ、お前、売れないんだってな」

売れませんとも言えず、言葉を濁していると部長は顔を崩したままつづけた。

「お前、明王出てるんだってなぁ。どうせ売れねぇんだから辞めちゃえよ、なっ、頑張るだけ無駄なんだから、なっ」

あまりにも軽々しく話すため、あるいは単に、独特のイントネーションのせいなのかもしれないが、思わず気がゆるみ、相好《そうごう》が崩れた。

部長の顔つきが変わった。

「何笑ってんだよ、おちょくってんのか、てめぇ。なめてんじゃねぇぞこの野郎」

机の脇に立てかけてあった、カレンダーを丸めた紙の筒で横っ面を張られ、怯《ひる》んだところで蹴られた。

駒沢支店の営業部隊は三つの課によって編成されていたが、僕はそのうちの「営業二課」に配属された。

パニックと呼ばれている河野《こうの》さんは、些細《ささい》なことでも過剰に動揺し、何かにつけ要領の悪そうな人だったが、わからないことがあれば嫌な顔もせず教えてくれた。マルメラというあだ名の田村は四十前と、二課の営業マンの中では最も年長で、ことあるごとに難癖をつけてくる古株。そして、村上という本名の、浅黒く整った顔立ちをしたジェイさんは、二課では唯一新卒入社の叩き上げで、課のエースとして活躍していた。

しかし、そんなメンバー以上に印象的だったのは、二課をまとめる豊川課長だった。

豊川課長はそれまで恵比寿で見てきたどの課長ともタイプが違っていた。声を荒らげることもなければ、暴力による解決をするでもない。常に落ち着き払い、淡々としている。筋肉質な武闘派の体格とは対照的に、線が細い印象で、薄く開いた目に感情的なものは読み取れない。一課や三課の課長が恵比寿の上役と同じタイプだったため、よりその異質さは際立っていた。

「せっかくだけど、辞めてくれ。部長が言った通りだ」

挨拶に行くと、課長はあらかじめ用意していたようにこともなげに言った。

デスクチェアの肘掛けに両手を置き、こちらを見据えている。胸の内を全て見透かされてしまいそうな冷たい眼だった。まともに視線を合わせられず、言葉に詰まった。

「よそで売れなかった奴は駄目なんだ、売れたためしがない。だから、悪いが早いところ辞めてほしい」

　山根部長から辞めろと言われたときは、その冗談とも本気ともつかない調子のせいで発言の真意が読み取れず、他愛《たわい》のない新入りに対する挨拶がわりのジャブのようなものに思えなくもなかった。だが、豊川課長から言われると、どれだけ割り引いてみてもその言葉以外の意味があるようには聞こえなかった。

「いえ、売ります、やらせてください」

かろうじてそれだけ言った。上司に辞めろと言われたからといって、着任早々辞めるわけにはいかない。それなら恵比寿のときに辞めていた。

　課長は間を置かずに返した。

「口でならどうとでも言える、だが、売れないものは売れない」

　その断定的な調子からは、気まぐれや思いつきから遠く離れた、深い裏打ちがあるように感じられた。

「売ります、やらせてください。お願いします」

　豊川課長は表情を変えずこちらに目を向けている。嫌な沈黙だった。

　ようやく口を開くと、重々しく言った。

「その言葉、絶対忘れるなよ」

静かな気魄《きはく》に身がすくんだ。

課長は書類に視線を落とし、それ以上何も言わなかった。

「おい、新入り」

デスクに戻る途中、傲慢《ごうまん》な物言いで呼び止められた。声の方を振り向くと、マルメラが不愉快そうにこちらを見ている。

「何でしょう」

「何でしょう、じゃねぇよ、新入りのくせに頭《ず》がたけぇんだよ」

眉間に皺を寄せて怒鳴っている。何に対して怒っているのかわからなかった。頭が高いという対処の仕様のない難癖にどうするべきか戸惑っていると、山根部長がマルメラを呼んだ。

「マルメラ、ちょっと来い」

その途端、マルメラの声は、相手に阿《おもね》るような浮薄なものに切り替わった。

「はい、ただいま」

椅子を蹴飛ばして部長のもとに駆けてゆく。マルメラは、部長の冗談の一々に、見ているこちらが恥ずかしくなるぐらい大袈裟《おおげさ》に手を叩き、携帯電話で客と話している営業マンがフロアを出てしまうほどの大声で笑い、応じている。

つい今まで凄《すご》まれていた身としては胸の悪くなる光景だった。

「いつもあんなだから気にすることないよ」

河野さんは部長とマルメラの方を横目で一瞥《いちべつ》して、いそいそと話しはじめた。

「マルメラさんは駒沢でも古株なんだけど、態度がデカいだけで全然売れないからああやって部長にゴマすることしかできないんだよ、適当にあしらっとけばいいから。それより、松尾君だっけ、松尾君は二課に入ってきてよかったよ、マジでよかったよ、豊川課長の下で働けるんだもん、課長は昔、五年以上も全支店で売上トップだった伝説の営業マンなんだよ、ヤバいだろ、五年以上ずっとだよ。他の課長みたいにむやみに怒鳴ったり殴ったりすることもないし、マジですごいよ。見てればわかるけどね、部長も豊川課長に関しては一目置いてるぐらいなんだから、二課が駒沢引っ張ってるから当然といえば当然なんだけどね。さっき豊川課長に辞めろって言われてたろ、食らいついてでも辞めない方がいいよ、こんなすごい人のもとで働けるなんてマジでついてるんだから——」

河野さんは話さずにはいられないといった口ぶりでまくしたてる。

「僕はね、賃貸の営業から転職してまだ二年だけど豊川課長のもとで働きはじめて着実に力をつけてきてるんだ、マジだよ。今は二課のエースはジェイだけど、それも豊川課長のクロージングがすごすぎるからで、正直、そんなに僕と力の差はないよ、そんなにね。僕も客さえ回してくれればジェイぐらいは売れるようになるはずだよ。六年以上も家売ってれば売れるようになるのは当たり前だろ、松尾君もそう思うだろ、僕も最初からこの仕事をやってればさ――」

河野さんが尚《なお》も先をつづけようとした時、

「パニック、お前案内とれたのか」

豊川課長が営業フロアに戻ってきた。

「い、いえ、あの、ちょ、ちょうど今ですね、松尾にですね、あの、駒沢のですね、ルールというか、その注意事項をですね、その、お、教えていましてですね――」

河野さんは両手を忙《せわ》しなく動かし、狼狽《ろうばい》しながら説明した。

「注意事項、なんだそれ。そんなこと訊いてない、案内とれたのか」

「あ、案内、案内ですね、あの案内はですね、その、これから――」

豊川課長はほとんど河野さんの話を聞いていないようだった。抑揚のない声で河野さんの言葉を遮った。

「下田さんとこにはもうかけたのか、朝一で電話するって言ってたろ」

「い、言いました、下田さん、し、下田さんに電話かける予定でした、ただ、そ、それがですね、あの松尾にですね――」

豊川課長は今にも舌打ちをしそうな顔をしている。

「おい、パニック」

「は、あ、ははい」

河野さんは慌てふためいて課長の呼びかけに答えた。

「いいから電話かけろ」

河野さんは顧客名簿を開き、ひったくるように受話器をとった。

それからな、と豊川課長は思い出したように付け加えた。

「松尾の邪魔するな、売るのに忙しいんだ」

課長はこちらを見ることなく言った。


着任の挨拶以来、豊川課長が声をかけてくることはなかった。山根部長からは時折、発破《はっぱ》をかけられることがあっても、課長からは、辞めろはおろか、売れという言葉すらない。自分以外の二課のメンバーには、少ない言葉ながらもその断定的な口調で静かな檄《げき》を飛ばしていただけに、余計にその違いが意識された。

豊川課長の沈黙は、まるで自分がどれだけ売るのかをじっと見定めているようで、無言の圧力としてのしかかってくる。課長の前で言い放った「売ります」という自らの言葉に、首を絞められるようだった。

売れればいくらか恰好もつき、見えない重圧から解放されるかもしれない。しかし、恵比寿でほとんど売上を残せなかった人間が駒沢支店に移ったからといって急に売れるはずもなく、壁に貼られた棒グラフ状の成績表は無印の状態がつづいた。

一刻も早く結果を出したかった。ところが、いざ営業をしようにも恵比寿のときのようにはいかなかった。

何よりも、新規の見込み客がつかまえられなかった。新聞の折り込みチラシなどの広告から寄せられる反響や、直接来店してくる顧客は、エースであるジェイさんにほとんど回され、その残りをマルメラと河野さんで捌《さば》くという堅固な陣形がしかれていた。新入りの自分がそこに組み込まれる様子はなく、三人が捌ききれない反響顧客がごくたまにようやく回ってくるのがせいぜいだった。

恵比寿のときに使っていた顧客名簿を古いものも含めて全て引っ張りだし、片っ端から電話をかけていった。日中はもちろんのこと、夜が更けてからも繰り返しかけた。

だが、いくらかけてもすぐに電話を切られるか、怒鳴られるかのどちらかで、まともに話を聞いてくれる人はほとんどいなかった。運よく話せたとしても、なかなか案内までこぎつけることができない。

電話をかけつづけていると、恵比寿にいた木村が今の自分と重なるように感じられてくる。その度に、木村を気にかけていた過去の自分を罵りたくなった。案内がとれず部長や課長に糞《くそ》みそにやられていた木村に手を貸し、時に気を回した自分の言動の一々が、無意識の高みから発せられたものに思えてくる。電話をかけてもかけても断られる、怒鳴られる度に心が荒《すさ》んでいく、そんな光の見えない状況で無責任な思いやりをかけられるほど、神経を逆撫でされることはないに違いなかった。

必死の努力も虚しく、案内はほとんどとれなかった。

電話営業は、比較的客が在宅している夜だけにし、日中は現地販売会や周辺の駅前で看板を掲げて立つことにした。梅雨入《つゆい》りし、雨の日がつづいていた。街を歩く人々は傘を差し、顔は隠れがちになる。興味を示してくれる人は簡単には現れず、案内をとりつけることはできなかった。

この日も雨だった。いつになく雨脚が激しい。支店に戻る頃にはスーツの裾は折り目が消え、皺だらけになっていた。雨だか汗だかで濡れた下着は肌に張り付き、足元は靴の中にまで雨水が浸《し》み込んで不快を極めた。

「おい」

憮然《ぶぜん》とした声だった。

胸が騒ぐ。マルメラだった。二課はマルメラ以外、皆出払っている。

「てめぇビショ濡れのまま歩いてんじゃねえよ。明王のくせに傘の差し方もわかんねぇのかよ、早く掃除しろよ」

清掃用のロッカーからモップを取り出し、濡れた床を拭きあげる。大雨の中、営業マンが出たり入ったりしたせいで床はどこも水浸しだった。モップを動かしていると、マルメラの苛立たしげな声が背中に刺さる。

「おせーよ、もっと機敏にできねぇのかよ。早くやれよ、早くだよ」

腸《はらわた》が煮えくり返る。マルメラがしきりに後ろからせっついてくる。

「ちんたらやってるからお前はいつまでも売れねぇんだよ、カス。お前聞いてんのかよ、早くだよ、早くやれって言ってんだよ」

モップを握る手に力が入っていく。視界が狭まり、モップの先しか見えなくなる。荒々しい気持ちに呼応するように、モップを振りあげマルメラを叩きのめそうとする自分の姿が頭の中で浮かんでは消え、消えては浮かんだ。

仕事は、暗室を手探りで歩きまわるような状態に変わるところはなかったが、それでもどうにか踏ん張っていられたのは、真智子の存在があったからだった。駒沢支店に異動してからも真智子と逢っていた。ただ、恵比寿にいた頃と忙しさは変わらず、逢えるのは水曜日の仕事後か、日付も変わった平日の深夜になってからだった。それでも逢うことをやめなかった。

何度も逢ううち、いつしか彼女の部屋から会社に通うようになっていた。真智子のマンションがある三軒茶屋は駒沢支店から近い。深夜や朝方に下北沢の自宅に帰るのは面倒だった。いや、たとえどれだけ店舗から近い場所にあったとしても、誰もいない自分の部屋には戻りたくなかった。

終わるはずのない仕事を終えたことにし、ようやく三軒茶屋に向かった。

年季の入ったエレベーターを呼び、六階のボタンを押した。最初は部屋番号を忘れ、違う階に行ってしまうこともあったが、今ではもう迷わない。エレベーターを出て右に曲がり、突き当たりから二番目が彼女の部屋だった。部屋の場所に迷うことはなくなっても、異性の部屋に入るのはいまだに気持ちが落ち着かない。

呼び鈴を押すと、すぐに解錠する音が鳴り、ドアが開いた。廊下の蛍光灯とは対照的に、暖色系の光が漏れる。

「お帰り、お疲れさまでした」

深夜だというのに嫌な顔ひとつせず真智子が出迎えてくれた。体の芯にまでしがみついていた疲労が剝《は》がれ落ちてゆく。

スーツを脱ぎ、彼女が作ってくれていた大根としめじの味噌汁《みそしる》を少しだけもらった。

「どう、食べられる？」

真智子は笑顔で言った。

美味しかった。無意識に強張っていた眉間やこめかみの緊張が解《ほぐ》れていく。

彼女は嬉《うれ》しそうにこちらを見つめている。

何だか急に照れ臭くなって、椀《わん》に残った味噌汁を一息に口に流し込んだ。

「重村ぁ、てめぇよくここ来れたな、なぁ。てめぇ何でここにいんだ。てめぇのせいで中野が迷惑してんのがわかんねぇのかよ、重村ぁ」

社長の怒声が中野店のエースである重村さんに集中している。三カ月つづけて数字が届かなかったらしい。

重村さんは顔を引き攣らせながら、社長の罵声に耐えていた。部長や課長とは段違いの迫力に同情する気にもなれない。

本店大会議室で開かれた定例の総会は、まだはじまったばかりだった。総会には各店舗の営業マンのみが集められていた。

「いいか、不動産の営業はな、臨場感が全てだ。一世一代の買い物が素面《しらふ》で買えるかっ、臨場感を演出できない奴は絶対に売れない。客の気分を盛り上げてぶっ殺せっ。いいな、臨場感だ、テンションだっ、臨場感を演出しろっ」

怒鳴り散らしながら、要所要所でデスクの横腹を思い切り蹴り込む。金属が凹《へこ》む激しい音があがる度に、隣にいる河野さんが震えるのがわかった。

「お前らは営業なんだ、売る以外に存在する意味なんかねぇんだっ。売れ、売って数字で自己表現しろっ。いいじゃねぇかよっ、わかりやすいじゃねぇかよ、こんなにわかりやすく自分を表現できるなんて幸せじゃねぇかよ、他の部署見てみろ、経理の奴らは自己表現できねぇんだ、可哀《かわい》そうだろ、可哀そうじゃねぇかよ。売るだけだ、売るだけでお前らは認められるんだっ、こんなわけのわからねぇ世の中でこんなにわかりやすいやり方で認められるなんて幸せじゃねぇかよ、最高に幸せじゃねぇかよ」

社長の言うことは明快で、納得させられるところもある。だが、それも売れてはじめて意味を持つ。売れていない者にとっては、胃を痛くさせるだけだった。

「どうせお前らはこのまますつまらねぇ人生送るんだ、少しぐらい自己表現してみろ」

社長が吐き捨てるように言った。

商品開発部が新物件を伝達している間、社長は営業マンを順番に睨みつけていた。鋭利な刃物を思わせる視線が次は自分のところにくる。何故《なぜ》か、社長の視線がここで止まった。感情の読めない表情だったが、顔の大きさに比べて小さなその目は怒りに満ちていた。

「てめぇ、まだいたのかよ」

心臓を万力《まんりき》で締められるようだった。

社長は普段、現場に顔を出すことはない。にもかかわらず、この入れ替わりの激しい営業マンの顔と名前を営業成績と併せて一人ひとり正確に覚えている。改めて社長の凄みを思い知らされた。

「それからな、お前ら、蒲田《かまた》だ、蒲田の物件、あれを何とかしろっ。いつまで焦げ付かせてんだ、誰でもいいからあれを売れ、蒲田だ、蒲田。どうにかして売れっ。あれを売った奴はボーナスに百万上乗せする、百万だ。絶対に捌け――」

その後も社長の話はつづいたが、動揺していた僕にはほとんど耳に入ってこなかった。

日も暮れた頃、店舗に戻った。豊川課長とジェイさんが話し込んでいる。大方の営業マンが月に一件売るのがやっとのところ、ジェイさんはほぼ週に一件のペースで売っている。ジェイさんが客を引っ張り、まわし、煽《あお》った後で、課長がクロージングをかける。ジェイさんが売っているのか、豊川課長が売っているのか実態は不明だが、いずれにしろこの二人で二課を、ひいては駒沢支店を支えているのは明らかだった。課長はジェイさんに力のほとんどを注ぎ、その合間で河野さんやマルメラの客に対応していた。相変わらず僕は蚊帳《かや》の外だった。

電気料金を滞納しつづけて、部屋の電気は止められていた。

昼も夜も閉め切られていたカーテンを開けると、窓からは点在するビルやマンションとそれらの間を埋め尽くす家々が茜色《あかねいろ》の光を浴びているのが見える。わずか一年あまり、ほとんど寝るためだけの部屋だった。

「何この缶、捨てないの」

キッチンのシンクにずらりと並んだビールの空き缶を見て、真智子がおかしそうに言った。

「あぁ、いつも捨てようと思ってるんだけどな」

そう誤魔化してみたが、耳に入っていないのか、男の人の部屋ってこうなってるんだと物珍しそうに部屋の中を見まわしている。

「何これ」

壁に貼られた地図を見て訊ねた。

ところどころピンの刺さった地図には赤や緑のラインマーカー、あるいはボールペンで乱雑な書き込みがされている。入社当初、通りや物件の場所を覚えるために買い求めた大きな地図は、結局ほとんど役に立つことはなく、いつの間にか部屋の風景の一部となっていた。

「トイレ借りるね」

真智子が玄関脇のトイレの前でこちらを向いて言った。

水曜日の仕事後に、真智子と下北沢のアパートに着替えをとりに来ていた。それまで真智子の部屋から会社に通っていたため、コンビニでその場しのぎに下着を買ったりしていた。が、仮の住まいが、仮ではなくなった以上、それならあるものを持ってきた方がいい、という彼女の勧めに従った。

「それだけでいいの？」

真智子は中型のボストンバッグしか持たない僕を見て、いささか驚いたように言った。着替え以外のものも持っていくと思っていたらしい。

「うん、いいよ。体と金があればあとは何とかなるから」

何気なく口にした自分の言葉に引っかかった。

卒業後、大学の近くに借りていたアパートを引き払い、下北沢に引っ越した。その時は、ほとんどものは捨てず、ゴミ以外の大方を持ってきていた。気儘《きまま》に買っていた段ボール二箱分ほどの本、アルバイト代を張り込んだジーンズや靴、ジャンルに一貫性のないレコードやCD、粗大ゴミ置き場に捨てられていた型落ちのスピーカー、友人から譲ってもらった中東のアンティーク椅子……。それらは、たとえ他人から瓦石《がせき》に見えようとも、僕にとっては思い入れのあるものだった。

ところが、会社で働きはじめ、アパートには寝に帰るだけの仕事一色の暮らしになると、それら愛着あるものが日々の生活の中に一切入り込まなくなり、気にも留めなくなった。そして今、何の躊躇《ちゅうちょ》もなく、それらを不要だと口にしている。いつの間にか自分の感覚のいくつかが摩耗し、それまで気に入っていた物事に関心を持てなくなっているらしいことに気付いた。

このままずるずるいけば、あらゆることに好奇心を持てなくなるような気がする。何に対しても感動しない抜け殻のような自分がすぐそこにいる。体と金さえあれば、確かにどうにかなるのかもしれない。しかし、いずれ訪れようとしている虚無を想像すると、その粋《いき》がりも崩れ落ちた。

「どうしたの、そんな難しい顔して」

真智子が怪訝そうにこちらを見ている。

「いや、何でもない」

部屋を後にし、細い路地裏を曲がった。

苔《こけ》生《む》した外壁の隙間から、青い花を咲かせた紫陽花《あじさい》が顔をのぞかせている。

民家の外壁が切れたところで、真智子に訊いた。

「何でもいいんだけど、大切にしてるものとかって何かある？」

「何、いきなり」

真智子はやわらかい声を出して笑った。夕暮れの弱い光がそのみずみずしい表情を淡く照らし出していた。

駒沢支店に配属されて二カ月が過ぎていた。その間、結果を出すことはできなかった。豊川課長に大見得《おおみえ》を切っておきながら一件も家を売っていない以上、このまま平穏に時間が流れることはないと思っていた。そして、その日は訪れた。

営業から戻ると、豊川課長が壁一面に貼られた売上の成績表を睨んでいた。現地販売会に行く準備をしながらも、気が落ち着かなかった。

成績表は赤い棒グラフで各営業マンの売上が競うように記されている。売上のない僕の名前のところだけ棒がなく、深い谷になっている。

異動して一カ月はさほど気にならなかった。が、二カ月が経ち、四半期の締め日が近づいて、支店の空気が徐々に張り詰めたものとなると、さすがに平静ではいられない。沈黙を通していた豊川課長が成績表の前に立っていれば尚更だった。

「やっぱり駄目だな」

そう聞こえた気がした。自分に向けられた言葉かどうかわからなかった。しかし、発言の内容が自分のことを指しているのは疑う余地がなかった。

僕は気付かない風を装った。

「おい」

感情の抜けた声だった。

「聞こえてるだろ」

課長の方に顔を向けた。

「駄目だな」

呑みにでも誘うような言い方だった。

「もうこのあたりでやめとけ。会社も辞めさせたがってるし、お前のためにもならないだろ」

いや、と否定しようとすると、それを遮って、

「お前は売れない」

わざわざ言わなくてもわかるだろ、言葉の背後からそんな深い溜息《ためいき》が重なって聞こえてきそうだった。否定しようとしても、言葉が出てこない。

「お前は売れないんだ」

もう一度繰り返した。

怒っているようにも、苛立っているようにも見えない。むしろ、優しく肩を叩いてくれているような感じさえする。課長のその意外な態度にほとんど挫《くじ》けそう

になった。

どんな否定の言葉も、口をついて出た途端、言い訳がましく聞こえてしまう気がした。それでも、駄目だとわかっている方をつい選択してしまういつもの自分を、僕は抑えることができなかった。

「辞めません、売ります」

意地になっていた。

「やめとけ、お前は向いてないんだ、他の仕事やれ」

「向いてなくてもやります、まだ辞めません」

語気に力が入る。課長の話し方が淡々としていることが、かえってこちらを感情的にさせた。大きな声を出したせいで、フロアにいる何人かがこちらを振り返った。

「何をそんなにこだわってる、金に困ってるのか」

即座に否定した。金銭的なものに対しては昔から無欲だった。

「フェラーリ乗り回して、女遊びでもしたいのか」

思っていないだけで、あるいはそういうことなのかもしれない。が、少なくとも意識の上ではそれが理由ではない。

「違うよな、お前はそういうタイプじゃない。お前は何で不動産屋に入った、金に興味のない奴がやる仕事じゃない、就職に失敗しただけか」

就職活動に失敗したと言われればその通りだった。しかし、だからといって、失敗しなかった就職活動とは何か、と問われればその答えに窮する。そもそも就職することに明確な目的などなかった。

「他に仕事がなくてこの業界に入る奴はたくさんいる、だが、売れない奴は辞めていく。そういうもんだ。それなのに、お前は辞めない。今のお前の稼ぎでいいなら他のもっと楽な仕事があるだろ、適当にやっても何も言われない仕事なんて掃《は》いて捨てるほどある。それに明王出て、それぐらい若ければいくらでも拾ってくれる、何故つづける」

課長は視線を外そうとしない。こちらの胸の内を見極めようとしているかのようだった。汗が背中をつたう。

課長は視線をそらした。

「ごく稀にお前みたいな訳のわからん奴が間違えて入ってくる。遊ぶ金にしろ、借金にしろ、金が動機ならまだ救いようがある、金のために必死になって働く。人参《にんじん》ぶら下げられて汗をかくのは自然だし、悪いことじゃない。人参に興味がなくても売る力のある奴はいる、口がうまいとか、信用されやすいとか、度胸があるとか、星がいいとか、いずれにしろ売れるんだから誰も文句は言わない。問題は、強い動機もなく、売れもしないお前みたいな奴だ。強い動機もないくせに全く使えない。大概、そんな奴はこっちが何も言わなくても勝手に消えてくれる。当然だ、売れない限り居心地は悪い。だが、何が面白いのか、お前はしがみつく」

膝をついて何かにしがみつく自分の姿が頭をよぎった。

「自意識が強く、観念的で、理想や言い訳ばかり並べ立てる。それでいて肝心の目の前にある現実をなめる。一見それらしい顔をしておいて、腹の中では拝金主義だ何だといって不動産屋を見下している。家ひとつまともに売れないくせに、不動産屋のことをわかったような気になってそれらしい顔をする。客の顔色を窺い、媚《こ》びへつらって客に安い優しさを見せることが仕事だと思ってる」

自分を指して言っているのか、かつていた社員を指して言っているのかはわからなかった。だが、どちらでも同じことだった。まるで伏せられたカードを一枚一枚めくるように、自分の心の内が明かされてゆくようだった。

「お前、自分のこと特別だと思ってるだろ」

横っ面を張られたような気がした。

それは最もめくられたくないカードに違いなかった。それまでは気にもしなかった。ゲームが終わるまで、いや、終わった後もずっと伏せておきたかったカードなのだと、指摘されてはじめて気付いた。

「いえ、思ってません」

振り払うように言った。

「いや、お前は思ってる、自分は特別な存在だと思ってる。自分には大きな可能性が残されていて、いつか自分は何者かになるとどこかで思ってる。俺はお前のことが嫌いでも憎いわけでもない、事実を事実として言う。お前は特別でも何でもない、何かを成し遂げることはないし、何者にもならない」

自分のことを特別だなど思ったことはないし、そのように思いたいとも思わない。そう無理にでも自分自身に言い聞かせることで、激しく動揺する胸奥《きょうおう》を鎮《しず》めようとした。

「否定するのか、本当に否定できるのか。俺はそれでかまわない。だがな、お前は本当に自分が嘘をついていないと自分自身に言い切れるのか」

挑発しているようには見えない。ただ真意を知りたい、そう言っているように思えた。

　本当はどうなのだろう。いや、そんな問いをたてるまでもなかった。たとえわずかだとしても、いつもどこかで自分を特別だとうっすら思っている。ただ、それを認めたくないだけに過ぎなかったのだ。ずっとその存在に気付きながら眼をそらしつづけてきた。自分を特別に思ってしまう、それが自分の傲慢さを表し、恥ずべきことだと思いながら、しかし、どこかでそう思う自分自身を排除できなかった。

「別に気にすることなんかない、皆そんなもんなんだ。何にせよ、お前はこの仕事に向いてない。もう営業なんていいからさっさと荷物まとめろ」

　課長は諭《さと》すように、そしていくらか投げやりに言った。

「少し時間を下さい」

　もう何も考えられなかった。ただ、この場を一刻も早く立ち去りたかった。

「どこまでも往生際が悪い奴だな。……好きにしろ、結論は変わらない」

　もうこちらを見ていなかった。背もたれに体を深く預け、窓の外に目をやっていた。

　どれくらいの間、課長と話していたのだろう。気付くと、営業に出ていた営業マンが全員戻っていた。

僕は何も言わず逃げるように店舗を後にした。外は日が沈みかけ、淡い残光が空を薄紫色に染め上げている。自分がひどく疲れていることに気付いた。


橋を渡ったところで、前方に大鳥居が見えてきた。

山手線の原宿駅前は人混みや物騒がしさでうんざりしたが、境内には、そんなことも忘れてしまうほど森閑とした空間が広がっている。見上げるほどの巨木が参道の左右に立ち並び、幹の隙間からは低木が見える。無数の木々の重なりに日が差し込み、複雑な奥行きをもたらしていた。

森を切り開くような参道は、多くの参拝客が流れをつくっている。が、幅二十メートルは優にあり、その存在をほとんど気にさせない。玉砂利が敷き詰められた参道を踏みしめる度、どこか懐かしい感触が足元に伝わってくる。アスファルトの地面に慣れているからだろうか、不思議と心地よかった。

昨夜、会社を早退すると、マンションの前でちょうど仕事から戻ってきた真智子に会った。普段なら仕事をしているはずの時間に僕が帰宅してきたことに少なからず彼女は驚いていた。が、こちらが事情を説明する前に、すぐに何かがあったことを察したらしく、理由を訊いてくるようなことはなかった。明るい表情をつくった彼女は、今夜はご飯を作らないと言って、その足で僕を夜の街に連れだした。二軒目の店で、翌日僕が会社に行かないことを知ると、真智子は自分も明日は休むと言って、明治神宮を散策することをひとりで決めてしまった。

「気持ちいいね、東京のど真ん中だよ」

真智子がこちらを見ている。

僕は何も言わないかわりに頷いた。

都会の中心にありながら、都会の喧騒から遠く離れている。耳に意識を向ければ、鳥の囀《さえず》りや蟬《せみ》の鳴き声がし、時折、枝葉が擦《こす》れ合う音が聞こえてくる。参道を奥に進んでいくほど、森の香りが濃くなっていく。視線を上方に転じれば、人工物は一切見当たらず、木々の緑と空の青さが視界を満たす。

「はじめて来たわけじゃないでしょ」

明治神宮は初詣でに何度か来たことがあった。だが、印象が全く違う。初詣ででは真夜中の暗さと夥《おびただ》しい人の波で境内の広がりを感じることはできなかった。

社殿の域内に足を踏み入れると、大きな楠《くすのき》が抜けるような空に隆々と枝葉を広げていた。

真智子と並んで、賽銭箱《さいせんばこ》に小銭を投げ入れた。手を合わせ、目を閉じる。何か願いごとを、と思ったが、何を願うべきだろうとあれこれ考えているうちにとり留めもなくなり、願いごとをする前に目を開けてしまった。

真智子はまだ手を合わせている。何をお願いしているのだろう。願いごとをしているというより、ただおだやかに目を瞑っているように見えた。

後ろがつかえていたので先にその場を離れた。

「ごめん、長くなっちゃった」

真智子が清々《すがすが》しい顔つきで歩み寄ってくる。その澄んだ表情を見て、余計なことを訊くのはやめようと思った。

来た参道を戻ろうとすると、

「こっちこっち、まだ終わりじゃない」

真智子に手を引かれて楠の傍にある門をくぐった。門の先はほとんど人が見当たらず、ひっそりとしていた。

小田急線の参宮橋や山手線の代々木の方までつづいているという参道を右に折れると、車一台がかろうじて通れるほどの道が一直線にのびている。道が狭いせいか、両側に鬱蒼《うっそう》と茂る樹木が迫って感じられる。自分たち以外に人はおらず、郊外の森に迷い込んだような錯覚さえ起こす。僕らは、その静かな道を肩を並べて歩いた。

道を抜けると森が切れ、突然、視界がひらけた。

そこは広場になっていた。起伏のある地面に青々とした芝が広がっている。点在する大樹が影を落とし、その影の中で人々が思い思いに時間を過ごしている。輪になって話をしたり、子供をあやしたり、本を読んだり、中には台本のようなものを読みあげているグループもいたりする。

僕らは適当な木陰を選んで腰を下ろした。

「いいでしょ、ここ。こっちの方まで皆来ないから、ゆっくりできるの」

そう言って、彼女はやわらかな芝の上に寝転んだ。

若葉や土の匂いがかすかに風に運ばれてくる。気が落ち着く場所だった。彼女がよく訪れるというのもわかる気がする。

横で真智子が気持ちよさそうに目を閉じている。森の遠く向こうに新宿の高層ビル群が見える。どこか現実感がなかった。

空に広がる青と、森や芝生の豊かな緑を眺めているうちに、もういいかな、と思った。意地を張って馬車馬のように好きでもない仕事をすることがどうでもよくなってきた。

「どうしたの」

真智子が薄く目を開け、こちらを見た。僕は、いや、と首を振った。

翌日、真智子が会社に行くのを見届けた後、特にすることもなく家でゴロゴロしていた。朝、目が覚めたとき、会社に行かなくては、と一瞬焦ったが、すぐに行く必要がないことに気付いた。もう会社に行くつもりはなかった。

久しぶりに本を開いてみたが、どうにも内容が頭に入らず、ベッドの上に放り投げてしまった。何をして過ごそう。ぼんやりと窓の外を眺めているうちに、やはりトシユキに会おうと思った。

「この前は松尾さんが時間がないって言ってたんじゃないですか、そんな急に言われても困りますけど、松尾さんがそんなに会いたいって言うなら何とかしますよ。何時ぐらいですか」

いつものように遠慮のない話しぶりだったが、その声はどこか弾んでいた。

二つ年下のトシユキとは、大学時代にアルバイト先の新聞社で知り合った。トシユキはどちらかといえば人付き合いが得意な方ではないが、僕に対してはあまり抵抗がなかったようで気が合った。

久々に酒でも呑みませんかとトシユキから連絡があったのは先週のことだった。が、断っていた。勘のいいトシユキに会えばこちらが何も言わなくとも今の自分の状況が見抜かれる、余計な気を遣わせて湿っぽい空気になるのは嫌だった。

しかし、時間を持て余すうちに、トシユキ相手にそんなことを気にしているのも馬鹿らしいかな、と思い直した。

「随分やつれちゃいましたね」

会うなり、珍しいものでも見るようにトシユキが言った。

僕たちは以前よく二人で行った酒場で再会を祝った。トシユキは留年していた。学期末の大事な課題で教授を挑発するようなレポートを提出し、単位を落としたらしい。

「学生の人気とりしてるような奴には、厳しいことを言ってやらないとわかんないんです。ガツンと言ってやりましたよ、ガツンと」

すでに赤くなった顔で嬉しそうに話す。相変わらず、向こう見ずにやっているトシユキに胸が熱くなってくる。

かなり酔いがまわっていた。酔いに任せて、不動産屋の仕事がいかに厳しく、不毛であるかを自虐的に面白おかしく話している。会社を辞めようとしていることは話さなかったが、もう辞めた気になっていた。

「なるほど、要するに松尾さんは現代の蟹工船《かにこうせん》で働いているというわけですね、なかなか刺激的じゃないですか」

そう言って彼は茶化したが、それでも興味深そうに訊いてくる。

「会社ってどこもそういうもんなんですか、周りが就活就活ってうるさいんですよ」

トシユキはいまだ三年のままだが、周りは四年に進級している。

「どうなんだろうな、少なくとも不動産屋に限って言えば……」

その先をつづけようとして、豊川課長の言葉がふっと頭をよぎった。

――家ひとつまともに売れないくせに、不動産屋のことをわかったような気になってる。

僕は慌てて出かかった言葉を呑みこんだ。

課長に抗しておきながら、自分は今、課長の言葉通りの言動をしている。そのことがひどく、腹立たしかった。

――お前は特別でも何でもない、何かを成し遂げることはないし、何者にもならない。

激しい気持ちが湧きあがってくる。何とも言えない苦さを含んでいた。このまま辞めてしまえば、今後幾度となく課長の言葉が想起され、その度に悔悟の念に襲われるに違いなかった。


「あれ、会社行くの」

シャツに袖を通していると、目を覚ました真智子が不思議そうに言った。

「うん、まだ少しだけ仕事残ってるから」

真智子はさして気にしたそぶりも見せず玄関まで見送りに来た。背後に響くドアの閉まる音が、いつもより時間をかけて耳に届いた。

会社に行くと、すでに出社していた社員が驚いてこちらを見た。

「もう辞めちゃったかと思ったよ」

河野さんが近づいてきて言った。

従業員用のドアが開いた。豊川課長だった。僕は、かまわず営業の準備をした。

「頭冷やして納得できたか、次の奴の邪魔になるからさっさと荷物片付けとけ」

まるで興味の失《う》せた言い方だった。課長の中ではもう終わった話のようだ。

「課長、もう少しやらせてください、売れるようになります」

課長の表情が強張った。

「わからない奴だな、お前は売れないんだよ」

ほとんど怒声だった。課長がここまで感情を露わにするのははじめてだった。だが、こちらも興奮しているせいか、不思議と恐れはない。

「あと一カ月だけ、あと一カ月だけやらせてください、それで売れなければ諦めます」

一カ月に何か根拠があるわけではなかった。ただ、もう一カ月やれば、自分自身を納得させられるような気がした。あるいは、それで自分自身にケリをつけたいだけなのかもしれない。

課長が黙ってこちらを睨みつけている。感情を抑えたいつもの表情に戻っていた。瞬きせず、僕はその視線に耐えた。一瞬、課長の表情に激したものが表れかけたが、すぐに消え、やがて諦めたように目をそらした。

わずか一カ月、何のあてもなかった。ただ、何となくこれまでと同じことを繰り返す気にはならなかった。

どうするべきか考えていると、ふと蒲田が頭に浮かんだ。社長は先月の総会で蒲田を売れと檄を飛ばしたが、いまだに売れ残り、売れる気配すらない。どの営業マンも蒲田のニーズさえあれば、売り込むことは考えていたが、実際にはなかなかなく、蒲田に絞って積極的な営業活動をしているという話は聞かない。

そう思うと急に蒲田が大きく意識されてきた。誰からも相手にされず、いまだ売り出し中の旗を掲げて無様《ぶざま》に衆目に曝されている物件ととことん付き合うことが今の自分には相応《ふさわ》しい気がしてくる。売れ残りの物件とがっぷり四つに組み合えば、あるいは、この仕事にもケリがつけられるかもしれない。

僕は蒲田の物件を売るために残りの一カ月を費やすことに決めた。そこに迷いはなかった。周りからすれば、お前は最後の最後に売れもしない物件に何を執着しているのだと訝《いぶか》ることだろう。だが、周囲にどう思われようと、自分のやりたいようにとことんまでやりたかった。伏せたカードを一枚残らずめくり、自分が無力で何者でもないことを自分自身に徹底的に知らしめてみたかった。

物件は京浜東北線《けいひんとうほくせん》蒲田駅から十五分ほど歩いた閑静な住宅街のはずれにあった。建物の前の道路は狭く、ちょっとした路地になっている。

十七坪の土地に建蔽率六十%・容積率二百%のペンシルハウス、価格は四千二百八十万円。駅距離、広さ、道路幅、日当たりなども影響しているのだろうが、やはり蒲田という場所がひとつのネックになっているようだった。このあたりの土地柄にある程度繋がりのある人でなければ、興味は示さないのかもしれない。僕は、蒲田駅周辺に営業エリアを絞ることにした。

その日から物件と蒲田の駅前で看板を掲げた。毎日夜十一時過ぎまで立ちつづけた。会社に戻り、チラシを刷って、蒲田駅に接続している京浜東北線、東急池《いけ》上線《がみせん》・多摩川線、そして京浜急行線、各沿線に点在する集合住宅に配りにまわった。

会社の人間は、僕が蒲田の物件をどうにかしようとしていることを薄々知り、何人かは醒めた目で眺め、何人かはあからさまに嘲《あざけ》った。課長は何も言わなかった。

本格的な夏に入り、連日のように暑い日がつづいた。日陰にいても噴き出すように汗が流れてくる。三十分も看板を掲げて立ちつづければ、シャツはもちろん、スーツまで汗でびっしょりと濡れた。

猛暑の中、朝から夜更けまで立ちつづけ、真夜中にチラシを配りに行く。そんな一日を休みなくつづけているうちに、眠気と疲労が体から抜けなくなった。前日の疲れと睡眠不足を引きずったまま次の日がやってくる。それが繰り返されると、次第に頭に霞《かすみ》がかかったようにぼんやりとしている時間が多くなった。

色々なことが頭の中を巡った。嫌なことも好きなことも、楽しいことも辛《つら》いことも、昔のことも最近のことも、そしてつまらないこともそうでないことも、何の脈絡もない断片的なシーンとなって、意識の中に潜り込んでくる。ある時はそんなことを夢想してる場合じゃないと振り払い、ある時はそのシーンに意識をゆだねた。

もはや蒲田の物件を売ることなどどうでもよくなっていた。だが、立ちつづけることをやめる気にはならなかった。意地や見栄はとうに消え、ただ自分という人間をでたらめに酷使してみたかった。じりじりと太陽に焼かれ、このまま跡形もなく消えてしまいそうになる。その熟《う》れた感覚は不思議と悪いものではなかった。

「ねぇ、ちょっと、ちょっとあなた」

我に返った。振り返ると、二人の中年女性が立っている。

「ねぇ、これって中に入れるの、ちょっと見てみたいんだけど」

濃いサングラスを頭にかけた女性が言った。ゆるく波うつ髪が腰のあたりまで伸びている。

この日、午前中は駅前で営業をしていたが、午後からは物件の前で客を探していた。すでに西日が強く差しはじめている。

蒲田の営業に注力して以来、客の方から声をかけてきたのははじめてのことだった。すでに三週間が経っていた。その間、ほとんど手ごたえらしいものはない。一日立ちつづけても、耳を傾けてくれるのは数組がいいところで、それもこちらが半ば強引に時間をとってもらったものばかりだった。

「もちろんです、どうぞ」

単なる冷やかしだろうという思いがなくもなかったが、たとえ冷やかしであれ家を見てみたいと声をかけてきてくれたことは嬉しかった。

僕は二人を中に案内した。長い間立ちつくしていたせいで筋肉が凝り固まり、うまく歩き出せない。

案内は全く必要なかった。二人は、ここはいいとか、あそこが駄目だとか、スーパーに並ぶ野菜を品定めするような気楽さで、勝手に家の中を見て回りはじめた。僕は、時折飛んでくる質問に答えていればよかった。

一通り見終わると、サングラスの女性が言った。

「あら、結構いいじゃない。あなたずっと家探ししてたでしょ」

家を探している、本当だろうか。にわかには信じられない話だった。肩透かしを食らったことはこれまで一度や二度ではない。

「そうね、部屋数も問題ないし、悪くないかもね」

もうひとりの、家を探しているらしい女性が答えた。オフホワイトのワンピースが涼やかに映る。

「そうよ、リビングの他に三つも部屋があれば十分よ、ここにしなさいよ」

それにしてもこのサングラスの女性の活躍ぶりはどうだろう。まるで会社の回し者かと疑念を抱《いだ》くほど、家を買うよう勧めてくれる。僕が下手《へた》に口を出せば逆効果になりそうだった。

「でも、三階の部屋はどうかしら……あんなに天井が斜めだとうまく家具が置けないわよ」

ワンピースの女性が不安を口にしても、

「大丈夫よ、工夫すればどうにでもなるわよ、うちもそうだし。それに子供の部屋でしょ、どうせ出ていくんだから気にすることないわよ」

サングラスの女性がすかさず打ち消してくれる。

「それもそうね、じゃあちょっとうちの人と相談してみようかしら」

思ってもみない展開になった。

体の奥底から活力が湧きあがってくる。この時を逃してはならないと僕は食らいついた。

話を聞いてみると、浜西という興味を示したワンピースの女性は、これまで社宅暮らしだったが今年の春にそこを出なくてはならなくなり、現在は蒲田駅からほど近い借家に家族四人で仮住まいをしているという。蒲田近辺で家を探しているがなかなかいい物件に巡り合えない。近くの友人の家に遊びに来た帰りにこのオープンハウスを見かけたとのことだった。

「今夜、ご家族の方に集まっていただくことは難しいですか」

夫人だけが気に入って購入が決まるということはまずない。家族全員に納得してもらう必要があった。

「今夜、さぁ今夜はどうかしら……一度家族と相談してまたご連絡します」

「ちょうどお客様以外にもこちらの物件に興味を示されているお客様がいらっしゃいます、なるべく早く現物をご覧になることをお勧めします。無理は承知です、今夜何とかご家族の皆さんで集まっていただくことはできませんか」

しかし、どれだけ粘っても連絡しますの一点張りで、連絡先を訊き出すことしかできなかった。

その夜、連絡はなかった。

次の日も朝から浜西さんに連絡をとってみたが一向に繋がらない。一瞬でも浮かれた自分が情けなかったが、夢を見させてくれただけでも感謝しなくてはならないと自分を慰めた。

地元の人以外はまず往来のない物件の前に立っていると、昨日浜西さんたちが訪れたことがほとんど奇跡のように思えてくる。

いつの間にか空は深い藍色に沈み、ヒグラシの鳴き声があたりに響き渡っていた。

電話が鳴った。浜西さんからだった。

「今夜、家族全員集まれそうなので、見に行くことはできますか」

四

浜西さんは、あたりがすっかり暗くなった頃、家族全員を連れて現地に現れた。

一家に挨拶すると、浜西さんが軽く会釈し、家族を紹介してくれた。上場会社のメーカーに勤務する夫はこの日仕事を早めに切りあげ、長男と長女も部活動を終えた足で駆けつけたとのことだった。

浜西さんが昨日の話を繰り返すように、今住んでいる借家が手狭で、早く新居を決めて移りたいと言う。異論が出ないところを見ると、浜西さんだけの考えではなく、家族としての総意のようだった。

購入動機の確かさ、銀行からの融資が比較的通りやすい夫の職業、そして家族のまとまった意向。自然、期待が高まってゆく。

僕は、家族を物件の内部に案内した。

浜西さん一家は総じて寡黙だった。あるいは普段から感情をあまり表に出さないのかもしれない。黙々と家を見て回る。昨日チェックしておいた箇所を浜西さんが説明し、時折、夫なり、長男なりが相槌を打っている。すでに浜西さんがある程度説明していたらしく、現物を見て確認するといった感じだった。皆、不満そうにするでも、納得している風でもない。どうにも感触が摑《つか》めなかった。

やはり気に入らないのかもしれない、時間がやたらと長く感じられた。

「別にいいんじゃない」

最初に口を開いたのは長男だった。

「私も。ここでいい、転校しなくていいんでしょ」

長女もつづいた。

本当だろうか、素直に彼らの言葉が受け止められなかった。

「三階の部屋、大丈夫？　あそこがあんたたちの部屋になるのよ」

浜西さんが再度、確認する。

物件の間取りは、一階に風呂場と一部屋、二階がリビングとキッチン、三階に二部屋が配置されていた。三階の部屋はいずれも日照権の関係で斜線規制が入り、天井が斜めに切られている。昨日も少し漏らしていたように浜西さんの懸念はそのあたりにあるようだった。

僕は、緊張しながらその反応を待った。

だが、二人ともさほど問題ではないと言う。少しだけ肩の力が抜ける。

夫はどうだろうか。

「あなたはどう、一階の部屋暗くない？　今と昼だと全然違うわよ」

半地下の一階はペンシルハウスの構造上、なかなか日が入りにくい。浜西さんの指摘する通りだった。

「別に気にならんよ、どうせ帰って寝るだけだし」

いくらか卑下するような調子で言った。

家族全員が、ふっと笑った。ようやく彼らの素顔を見た気がした。

「お前はどうなんだ」

夫が浜西さんに意見を求めた。

「私はここでいいわよ。駅から少し離れてるけど、スーパーが近いし、それに谷口さんたちとも近所になるから」

昨日一緒にいたサングラスの女性が谷口さんだった。

「じゃ、ここでいいじゃないか」

夫があっさりとまとめた。

浜西さんも長男長女も異論がなさそうに頷いている。

決まりということだろうか。それまでの疲れがどこかに消え、充足感が全身に満ち溢れてくる。契約するまでは何が起こるかわからない、何度となく先輩や上司から叩き込まれた教訓がかろうじて自分を冷静にさせた。

「松尾さん、この家、他の人も買いたがっているのよね」

浜西さんが思い出したようにこちらを見た。昨日僕が口にした煽りを覚えていたらしい。

口から出任せの営業文句が流れてゆく。

「そうなんです、今日も浜西さんがいらっしゃる前にご案内させていただきました。やはりかなり興味を示されていまして、今もご家族の方と検討されています」

興味を示しているのは浜西さんの家族だけ――本当のことを言うわけにはいかなかった。

「蒲田ではもうほとんど物件が出ていませんので、早い者勝ちです」

ここぞとばかりに煽った。

決めてくれ、胸の内でそう願った。

浜西さん一家をペンシルハウスの中に残し、少し離れた場所に駐車しておいた営業車の中で電話をかけた。

少しの間があって呼び出し音が鳴る。最初の呼び出し音では出なかった。

緊張し、心臓が激しく脈打つ。

思えば、電話で話すのははじめてだった。それでもこちらの番号を相手が知らないはずがない。二度目の呼び出し音が鳴り終わった。やはり出ないかもしれない。

三度目の呼び出し音が鳴り終わろうかという時、その声は聞こえた。

「何だ」

いつもの乾いた声だった。

怯む自分を叱咤《しった》して電話口に向かって言った。

「松尾です、お忙しいところすいません。課長、接客お願いします。蒲田の物件、決まりです」

「蒲田だと、蒲田がいきなり決まるわけないだろ」

抑揚のない声で否定した。馬鹿な話をするな、そう言っているようにも聞こえる。が、全く聞く耳を持たないという感じでもなかった。これまで一度も電話をしてこなかった営業マンからの電話が課長の判断を迷わせているようだった。

「蒲田の物件、顧客のビタでした。ずっと蒲田で探していたようです。ご家族の方全員気に入って……いえ、買いたいと仰っています」

電話口の向こうが黙った。少しの間、無言がつづいた。

「今日、時間あるのか」

課長の声の調子が変わった。

「明日はご主人の仕事が休みで、このあと時間とってもらえそうです」

「もらえそう。もらえるのか、もらえないのか、どっちだ」

課長は曖昧な表現に苛立った。

「すいません、もらえます。時間はもらえます」

「手付は」

「用意できると仰っています」

「すぐ連れてこい」

いつの間にか恐怖は消えていた。今にも笑い出してしまいそうな、得体の知れない高揚感が電話を切った後も全身を包んでいる。僕は浜西さん夫妻を車に乗せ、急いで店舗に向かった。ハンドルを握る手元が頼りない。気をゆるめると、事故を起こしてしまいそうだった。

店舗にはすぐに着いた。やがて豊川課長が応接ルームから出てきた。

「決まったぞ」

手には申込書があった。

ふっと力が抜けた。やっと売れた、そんな当たり前の感想しか出てこなかった。

蒲田の物件に張り付いて一カ月近く、駒沢支店に移ってから三カ月が経とうとしていた。

契約が終わるまで他の営業マンと並んで電話営業をした。だが、気持ちが浮ついて、時折、誰にどのような話をしているかもよくわからなくなる。

契約課の人間が、契約手続きが全て無事終了したことを告げに来た。契約の事務手続きは、営業から離れ、契約課が行うことになっている。時刻はすでに十一時を回っていた。

「松尾、お客さまをお送りしろ」

契約課と簡単な事務事項を確認していた課長が言った。

浜西さん夫妻を自宅まで送り届ける間、車内は賑やかだった。

「この度は丁寧な対応をしていただいて本当に助かりました。引っ越したら是非一度遊びに来てくださいね。松尾さんの今後のご活躍期待してますから」

浜西さん夫妻の言葉はそれが社交辞令であっても嬉しく感じられるものだった。それでも、僕は自分の今後について思いを巡らさずにはいられなかった。

課長には、一カ月だけやらせてくれと言って半ば強引に仕事をつづけたが、その後のことは何も考えていなかった。

微妙に心境が変化してきている。運よく蒲田の物件を売ったことで、これまでにない充足感に満たされていた。だがそれは、物件が売れたことによって得られたように思えるが、もしそうでなかったとしてもこの種の手ごたえは得られた気がしないでもない。だとすれば、このまま潔く辞めてしまうべきなのだろうか。浜西さん夫妻を自宅まで送り届け、社に戻ると、豊川課長がデスクに座っていた。この時間まで残っているのは珍しい。

席に戻った僕に向かって課長が言った。

「売れたな」

あたたかい言葉でも冷たい言葉でもなかった。久しぶりに課長から声をかけられた。いや、何の用もなく声をかけられたのはこれが最初のような気がする。

課長はそれだけ言って、こちらが何か言おうとする前に帰っていった。

蒲田の物件を売ってからの周囲の反応はこちらの想像を超えるものだった。

「それから蒲田の物件な。無事に売れた、松尾がやってくれた。よくやった、普段は全然駄目でも、たまにはこうして――」

総会で社長は蒲田の一件を取り上げた。社長が社員を褒めることはこれまでほとんどなかった。自分ではそのような意識はなかったが、会社にとって蒲田はこちらが思っていた以上に切実な案件だったのかもしれない。僕が蒲田に張り付きになっていたこともどこからどう伝わったのか社長は知っていて、そうした営業過程にも触れながら、よくやったと繰り返した。

社長の評価は、部長にとっても意外だったらしく、部長なりのやり方で喜びを表現していた。

「いや、俺はな、最初から松尾がやってくれると思ってたよ、いや、本当に本当に。あいつの意気込みは最初から本物の匂いがした、有言実行、俺にはわかったね。それにしてもうちが売ってよかった、恵比寿とかにやられてたらたまんねぇからな。そう言えば、蒲田売ると百万余計にボーナス入るんじゃなかったか。松尾よかったじゃねぇかよ、これで大好きなお姉ちゃんとこ行けるな、なっ」

マルメラがすぐに同調した。

「まぐれで家売れて、不相応な金もらって、その金使ってこそこそ女に貢ぐ。こいつは本当にどうしようもないですよ、腰振ることしか考えてない猿です。部長、駒沢の猿に今夜は奢《おご》ってもらいましょうよ、どうせろくな使い方しないんですから。おいっ松尾、てめぇから先輩に気遣ってそういうのは言うもんだろ」

そんなマルメラの雷同もさして今は気にならない。

この一件を機に客を回してもらえる頻度が以前より増した。ジェイさんにそのほとんどが任されることに変わりはないが、少なくともマルメラと河野さんと同じ程度に客が回ってくるようになった。

課長に見得を切ってちょうど三カ月が経ち、不動産の仕事については、多少の迷いは残るものの、もうこれでいいと思えるようになっていた。今、辞めてもこの納得感があれば、後腐れはないような気がしないでもない。が、周囲は蒲田を売ったことで、僕が辞めることなど考えもしないかのように接してくる。周囲の自分に対する態度の変化と、突然任せられるようになった客への対応という実際的な事情に流されるように、僕はなかなか辞めるきっかけを見つけられないでいた。

そんな時だった。エースのジェイさんが会社を退職することになった。

「松尾君、もう聞いた？」

河野さんが興奮気味に声をかけてきた。

「ジェ、ジェイが辞めるんだって。さっき部長と課長たちが話してた。マジだよ、すぐいなくなるらしい。ジェイがいなくなれば、僕らにチャンスが回ってくるよ、間違いない。他から新しく人を入れるような話は出てなかったから。まぁでも、実力からして僕にかなり偏ることになると思うけど、松尾君の方にも客を回すよう豊川課長にも言っておくから心配いらないよ。いやぁ、ジェイが辞めるとは思わなかったよ、ついにきたよこの時が。マジでヤバいよこれは——」

話はすでに支店中に広まっていた。ジェイさんが辞めるという話は社内でも衝撃が大きかったらしく、部長だけでなく、社長も考えを翻《ひるがえ》すよう何度も説得を試みたようだった。だが、ジェイさんの意志は固く、結局、正式に受理されたということらしい。

何故、突然辞めることにしたのだろう。ジェイさんは二課だけでなく、駒沢支店、あるいは全社で見てもエースとして、結果を残しつづけてきた。加えて、中途採用で会社に入ったわけではなく、新卒の叩き上げだった。将来の会社を支える人材としても期待されていた。

そんな一見優位に見える状況でも、他人からは窺い知れないジェイさんなりの不満があったのかもしれない。普段、ジェイさんは涼しい顔で仕事をこなし、ほとんど不平や不満を顔に出すことはなかった。が、だからといって、思うところが全くないとは限らない。むしろ、表に出ないほど内に溜《た》め込んでいると見るべきなのだろうか。期待という重圧が終始かかりつづければ、不満の一つや二つ出てこない方がおかしいのかもしれない。ジェイさんですら逃げたくなる仕事、おそらくそういうことなのだ……。

ところが、彼の出社最後の日、その推測が勘違いだということを知った。これまで幾度となく見てきた、辛い仕事環境に耐えきれず、逃げるようにして辞めていった、いや辞めさせられていった者の顔ではなかった。その表情には自分を卑下するような翳《かげ》は感じられない。思い残すことは何もなく、誰でもない自分の意志によって辞めることを決断した顔だった。ジェイさんの眼には次に歩むべき道がはっきり映っているに違いなかった。

僕はジェイさんに視線を向けながら、不安になった。今、自分が辞めるとすれば、ジェイさんのように確信に満ちた顔ができるだろうか。辞めて何をするのか、何をしたいのか、何も決まっていない自分はジェイさんのような態度で最後の日を迎えられるだろうか。胸の中にわずかに拭いきれないでいた不安が、にわかに揺すぶる。だが、どれだけ視座が移ろい、移ろう度に周囲を見渡してみても、光の差し込む気配はなかった。

その後、程なくしてジェイさんが仲間と不動産屋をはじめたことを知った。

「松尾、ちょっと待て。俺も行く」

インターネット上に出した広告の反響顧客を任され、案内に行くところだった。豊川課長が席を立ち、背広に袖を通している。

俺も行く、その意味がわからなかった。課長も案内に行くということだろうか、いや、おそらくそういう解釈しかありえないのだが、しかし、すぐには信じられなかった。自分だけではなかった。デスクにいた河野さんやマルメラも驚いた顔で課長を見ている。

「おい、ボーッとしてんな。最初の案内で遅刻はないだろ」

慌てて課長の後を追った。

客の案内は担当の営業マンが行い、課長などの上役はその指揮と店舗での接客に徹する。状況次第では課長も現場に出向くことがないではないが、よほどのことがない限りそういうことにはならなかった。どういう客かもわからない最初の接客で、それも戦力外と指さされつづけてきた末端の営業マンに、課長がわざわざ同行するような理由があるとは思えなかった。

午前中にもかかわらず、営業車の中は夏の日差しでサウナのように暑い。エンジンをかけるとすぐに空調を最大にした。

課長がドアを開け、身を入れてきた。妙な感じだった。いつもは誰も座ることのない助手席に人がいる。それも浜西さんの接客を依頼したとき以来まともに話すらしていない豊川課長とくれば尚更だった。ハンドルを操作する手が自然、ぎこちなくなる。

何か話した方がいいのだろうか。だが、何を話題にしていいかがわからない。同行する理由を訊いてみたい気もしたが、どうにも言いだしづらい。この狭い空間の中で寡黙な課長と二人きりになるのは気が重かった。

国道二四六は交通量が多く、混雑していた。車は遅々として進まない。車が停まると、車内の重苦しさが余計に強く感じられる。

「次を右に曲がれ」

突然、課長が言った。

国道二四六と自由通りが交わる交差点に差し掛かるところだった。慌ててウインカーを出し、強引に右折レーンに割って入った。混雑が気に入らなかったのかもしれない。だが、そうだとしても渋滞を避けるルートを知らなかった。

自由通りは運送会社のトラックが路上駐車をしたりしていたが、車の流れはスムーズだった。

「そこを左だ」

商店と商店の間に細い道があった。一方通行の標識が見える。

左折すると、住宅街を縫うように路地がつづいていた。道はかなり狭く、車一台がかろうじて通れるほどしかない。

「この道ははじめてか」

自由通りは頻繁に通っていたが、この道を使ったことはなかった。世田谷は一方通行や袋小路が多く、下手に細い道に入ると抜け出せなくなることがある。多少の遠回りや混雑があったとしても比較的わかりやすい大きな道を選んでいた。

生活道路のせいか、歩道すらない住宅街の間道を人が行き来している。アルペンスキーのポールのように電信柱が左右に立ち並び、車やバイクが十字路で不意に顔を出す。運転は慎重になった。

途中、民家の前に郵便配達のバイクが停まっていた。道路にいくらかせり出して停められている。通れるだろうか。このまま行けば、ぶつかってしまいそうだった。

バイクが退《ど》くまで待とうか。判断に迷い、まごついていると、

「通れる、停まるな」

従うよりなかった。僕はゆっくりと車を進めた。バイクを意識しすぎて右側の塀にミラーがぶつかりそうになる。一旦ミラーを畳み、少しずつブレーキペダルから足を離していく。車体は何物にも触れることなく通過した。

ようやく通り抜けたときには額に汗が浮かんでいた。

しばらく道なりに走り、再び左折すると、住宅街から抜け出て視界がひらけた。どこか見覚えのある大通り、環状七号線だった。

「……ここに出るのか」

課長はシートに体を預けたまま窓外の風景に目を向けている。

客と落ち合い、案内は無事終わった。

課長は僕が案内をしている間、何も言わず、傍で僕と客のやりとりを静かに聞いていた。

客を自宅まで送り届け、支店に戻るところだった。ちょうど信号が赤に変わった。

「蒲田の物件、何で売れたと思う」

課長が口を開いた。久しぶりにその声を聞いたような気がする。黙然とされているよりはましだった。それにしても、何故今頃になって蒲田なのだろう。話の行く先がどこを向いているのかわからなかった。

「……運……運ですかね」

蒲田だけに照準を絞っていたのは確かに自分だけだった。人よりも多くの時間を蒲田に割いてもいた。しかし、どれだけ時間を割いたところで売れないものは売れない。自分のように力がなければ尚更だ。もし、浜西さん一家のような条件の合致した顧客が現れなければ、あの家はいまだに売れ残ったままだったろう。そう考えると、やはり運があったからという他ない気がする。

「蒲田を売った調子でこのまま売れつづけると思うか」

課長がつづけて訊いた。質問の意図は相変わらず見えない。答えに詰まった。どうなのだろう。蒲田を売ってから顧客を任される頻度が増えた。ジェイさんが辞めてからはさらに増えた。任される顧客の数が増えるならば、単純に確率からいって売れるようになる気がしないでもない。だが、浜西さん一家のようにほとんどこちらが積極的な働きかけをしなくとも売れるケースはこれまで見たことがなかった。だとすれば、やはり難しい気がする。

「俺は思わない、このままやってもお前は売れないと思う」

またか、と思った。前と同じように辞職を迫られる、そう思った。辞めるのは一向にかまわない。むしろこちらが望んでいたことだ。今はもう腹を括《くく》れている。だとしても、それは自分の口から言わなければならない。

様子が少し違った。話にまだ先があるように思えた。

信号が青に変わる。僕は運転に集中するふりをして次の言葉を待った。

「何で自分が売れないか真剣に考えたことあるか」

考えたことがないわけではなかった。ただ、動機の弱さや自分の資質ばかりがいつも目につき、それ以上突っ込んで考えてこなかったように思う。

「同行して少しわかった。お前はやはり営業マンには向いてないのかもしれない。だが、向いているいない以前に、営業マンとしてやるべきことがやれてない。今日、お前は二四六を平気で使った。普通、幹線道路はなるべく避けて走る、混雑するのがわかりきっているからだ。客を待たせると、その分だけ熱が冷める、現実に戻る。それだけじゃない、路地を使えば客から信頼される。誰でも知ってる国道と、そうでない路地を走ったら、客はどちらが街に詳しいと思う。お前が客だとしたら、街を知らない人間がいい物件を知ってると思うか。お前はそういう小さいことを重要だと思わないのかもしれない。だが、売ってる営業マンで道路が頭に入っていない奴はいない。皆覚えてる、俺も覚えた。お前だけだ、頭に入ってないのは」

道路を覚えろ――会社に入ってすぐの頃、何度か言われたことだった。いや、その後も新人が入ってくる度に繰り返し教え諭されているのを耳にしていた。部屋に地図を貼って覚える努力をしたこともあった。だが、それも一時に過ぎず、日々の仕事の忙しさを言い訳に大まかな地理を押さえるだけで、細かな通りまでは真剣に覚える努力をしてこなかった。

課長の指摘する通りだった。わかったつもりになっていた。課長は、非難めいたことを言うわけではなく、辞めろというわけでもなく、ただ、事実を指摘することで僕に気付かせようとしているように感じられた。気付かせる――課長は何を気付かせようとしているのだろう。

店舗の駐車場に着いた。

「まずは覚えるべきことを覚えろ、難しいことなんて言ってないんだ。お前ならそれぐらいできるだろ」

そう言って課長は駐車場を後にした。

決してやわらかな口調ではないのに、身に沁《し》みてくる。後ろ姿を目で追いかけるうちに、課長の同行した理由が朧気ながらわかった気がした。

課長は次の日からほとんど毎日のように同行するようになった。多くは言わなかったが、間違った言動があれば必ず指摘した。

駒沢通りは使うな、駒沢通りを平気で走る奴が売れたためしがない。路地でスピードを落とすな、慎重な運転は不安の表れだ、不安そうにしてる奴から買いたいと思うか。検討してくださいなんて言うな、検討もしないし買いもしない、自信がないって言ってるようなもんだろ。売るんじゃない、買わせるんだ、客は自分が買いたいと思わない限り買わない——。

砂漠に水をこぼすように、言われたこと一つひとつが頭に染み入ってくる。今までバラバラに散らばっていた知識の断片が少しずつ繋がっていくようだった。納得することが日に日に増えていくと、営業に対する姿勢も前のめりになっていくのが自分でもわかった。

覚えるべきことは意識して覚えるようにした。課長が口癖のように覚えろと言ったのは三つだけだった。道路、物件、そして鍵。このうち道路と物件は割とすぐに覚えられたが、鍵は苦労した。客に案内する物件にはそれぞれ鍵が備えられている。わざわざ売主や管理会社に連絡して鍵を取りに行く手間を省略するためだが、鍵が収められている箱を開けるのに必要な、四桁の暗証番号が覚えられない。それまでは毎回連絡して番号を訊き出していた。が、それも日本史の年号を覚える要領で自分なりに語呂を作って何とか凌《しの》いだ。

たった三つのことを覚えるだけで、見える景色は変わった。細かな道がわかるようになると、単に営業の効率が上がるだけでなく、頭の中に詳細な地図と街のイメージがすぐに浮かべられるようになった。物件と鍵が頭に入ると、物件の概要や特徴がイメージに付随して結びつき、それぞれ物件固有の貌《すがた》が立ち現れた。

不動産の営業をしていることに変わりはなかった。にもかかわらず、少しずつ肌に接する世界が異なる貌を見せていく感覚は新鮮だった。

長い時間、客と商談していた課長が営業ルームに戻ってきた。

驚いた。課長の手にサインと捺印《なついん》がされた購入申込書が見える。

この日で三回目の接客だった。夫人は買いたいと主張していたが、夫の方にその気がなかった。この夫婦のように家族の誰かが気乗りしない例は少なくなく、売れない客の典型だった。どのようにして夫を翻意させたのだろう。こちらの驚きをよそに、課長は涼しい顔をして、

「大体わかったろ、明日からお前ひとりでやれ」

こうして、短いが濃密な徒弟修業が終わった。課長が同行するようになって一カ月近く経っていた。

同行が終わってからも課長との蜜月はつづいた。むしろ、関係は時間の経過と共にますます強固に練り上げられた感じさえする。いつしか、エースだったジェイさんと同じくらいの割合で客を任されるようになっていた。

半田さんはそんな時に担当した客のひとりだった。広告を見て問い合わせをしてきたが、仕事が忙しく時間がとれないと言われ、なかなか案内できないでいた。今週の土曜日であれば時間がとれます、という連絡が入ったのは最初に問い合わせをもらった日から三週間後のことだった。電話で訊ける限りの要望と条件を書き留めて、案内の約束をした。

秋とは思えない強い日差しが昼下がりの地面を照りつけている。

約束の時間に半田さん夫妻は現れた。四十半ばあたりだろうか、思っていたよりも地味な印象をうけた。想像していたイメージと齟齬《そご》が生じた原因は、事前に訊いていた予算のせいかもしれない。七千五百万円。億を超す邸宅がごろごろしている城南エリアでは格別驚くほどの額ではないが、それでも顧客の大半が四千万から五千万前後の家を探す中で七千万を超す予算となると並みの客からは外れる。

だがそれも、夫がテレビ局の要職に就いていることを訊くまでもなく、すぐにその話しぶりから理解できた。落ち着いた物腰、要点をついた質問、質問に対する無駄のない答え、地頭《じあたま》の良さと勘の鋭さを感じさせた。

半田さん夫妻を車に乗せて三軒茶屋に向かった。最初の「まわし」だった。

昨夜、日中の営業を終えてから、まわしを検討した。社の戦略商品に組み込まれている本命の物件は、すでに課長から言い渡されていた。課長は、本命の物件を買わせるためには、引き立て役であり客のネックを潰す役でもある、まわしの物件をどれだけ効果的に順序よく案内できるかが重要だ、と繰り返し言った。何度もやり直しを言い渡されたまわしの筋書きにようやく許可が下りたときには、日付が変わっていた。

細い道がつづく。半田さん夫妻は複雑に入り組んだ路地に不安を見せていた。少し離れた駐車場に車を停めて、物件まで歩いた。

「最初は広告に掲載されていた物件です、駅から五分の好立地です」

角を曲がると、物件が見えてきた。

半田さん夫妻は家探しが初めてだと言っていた。その言葉通り、これから目にする物件に期待と不安が入り混じった複雑な感情を抱いているように見えた。物件は三軒茶屋駅から徒歩五分、三階建てのペンシルハウス、価格は六千四百八十万円。ちょうど一年前に完成したが、いまだ買い手が付いていない。課長に最初のまわしは完成物件にすべきだと忠告されていた。

――これから家探しをはじめるのに雑草の生えた土地だと盛り上がらんだろ、必ず完物を見せろ。

「いかがですか、三軒茶屋から徒歩五分の好立地です。ご要望通り利便性は抜群です」

「ちょっとこれは狭すぎるなぁ、ほとんど日が入らないし、これで六千五百万もするの？」

半田さんがそう言うと、

「そうね、もう少し落ち着いたところじゃないと……」

夫人も不満そうに零した。

半田さん夫妻が渋い表情を浮かべても、あえて勧めた。以前であれば適当に相槌を打ち、客に同調していた。まわしが本命の引き立て役であることを客に見抜かれてはならない、課長の言葉が頭の中で聞こえてくる。

次の物件に向かう途中、本命の布石《ふせき》となる城南エリアの住宅事情についてそれとなく話した。利便性をとると広さがとれず、環境も望めなくなること。城南エリアに多いペンシルハウスは日当たりが悪いこと。完成物件は売れ残りであること。広告に掲載された物件でなく、自分が提供する生きた情報に期待してほしいこと。

「完成した家が売れ残りだなんて知らなかったわ」

夫人はそう言っていたが、どこまで理解してもらえたかはわからなかった。

「そういう事情があって、家を買おうとしている人は皆さん土地をお探しになります。ちょうどこの途中に売り出し中の土地があるので見てみましょう、今後の参考になります」

好評分譲中と書かれた赤い幟が首を傾《かし》げるように道路に突き出ている。更地にされた土地には膝の高さほどまである青々とした雑草が生い茂っていた。

「結構広くていいじゃない」

車から降りると夫人が言った。図面を二人に見せた。

「この土地はＡＢ二つの区画に分かれて販売されています。Ａ区画の方はすでに成約済みですので、Ｂ区画が現在売りに出ています」

夫人だけでなく、半田さんの表情も曇った。

「価格はそんなに変わらないのに、Ｂ区画の方は随分いびつな形をしているのね」

夫人が半田さんの不安を代弁するように言った。

Ｂ区画はバランスの悪い台形だった。こうした不整形地はただでさえ広くない土地の利用効率を下げる。

「そうなんです、Ａ区画は整形地ですぐに売れてしまい、残りはＢ区画だけです。形が整ってて、立地がよくて、それでいて安い土地っていうのはこの城南エリアではまず残ってないんです。そんな土地があったら工務店さんが買って家を建ててしまいますから、もちろん二億、三億あれば別ですけど」

営業文句として覚えていたわけでもないのに、いつか知った知識が滞りなく言葉に変わる。

その後、駒沢のまわしに案内した。それは、駅徒歩十分、二十五坪、五千万円と、半田さんが希望する利便性のいい物件という条件に合致する土地だった。

「人気の高い駒沢です。東急田園都市線駒沢大学駅から徒歩十分、二十五坪です」

「ここも変わった土地の形をしてるわね……」

夫人は図面と土地を照らし合わせている。

「こちらは土地が公道に接していないため、公道まで敷地延長しています、その形から旗型の不整形地などと呼ばれたりします。城南エリアでは決して珍しくありませんよ。何といっても駒沢です。いかがですか、通勤に便利ですし、近くには駒沢公園があって周辺環境も申し分ありません」

「いや、駒沢っていうのはいいんだけど、でも、これも三階建てになって手前に別の家が建つわけだろ、そうすると日当たりがなぁ……。松尾さん、この五千万円っていうのは土地だけだよね」

半田さんが一応といった様子で訊いた。

土地で五千万円、上物《うわもの》がおよそ二千万円、家を建てるには全部で七千万円ほどかかることを伝えた。

「整形地はすぐ売れてしまいますからね。それでも、駒沢で駅距離十分、それでこの価格なら大変いい買い物だと思います」

筋書き通り、このまわしも気に入らず、夫妻は他の物件を見せてほしいと口にした。不動産の購入は考えていたよりも簡単ではないかもしれない、そんな先行きの不安を感じているようだった。

このあたりから、実見した物件が裏付けとして嚙み合いはじめ、こちらの説明に徐々に耳を傾けてくれているような気がした。

その時、半田さんの携帯電話が鳴った。

電話を終えた半田さんが申し訳なさそうな顔をして戻ってきた。

「松尾さん、ごめん。急に仕事が入っちゃった。今度また時間つくるから、今日はこれで失礼させてください」

こちらが驚く番だった。ここまで順調にまわしがうまくいっていた。半田さん夫妻もこちらの話に耳を傾け、ようやく熱くなりはじめた、まさにこれからという時だった。

引き留めようかとも思った。が、半田さんが報道の仕事に携わることを考えれば、仮に無理にそうしたとしても留《とど》まる見込みはほとんど皆無に違いなかった。

だからか、その夜遅くに半田さんから連絡をもらった時、やはり今の自分には何かツキのようなものが回ってきていると思わずにはいられなかった。

半田さんはやや寝不足のようだったが、疲れも見せず昨日の中座を詫びた。

「昨日はどうもすいませんでした、急な仕事が入ってしまって。でも、今日は大丈夫です。いい物件案内してください」

「本当にごめんなさいね、こんな調子だから家を探すこともままならないんです」

夫人が申し訳なさそうにつづいた。

「松尾さん、やっぱり駅から近い方がいいな、僕もこういう仕事をしているし」

車に乗るなり、半田さんが言った。用意したまわしに変更を加える必要はない。夫妻を車に乗せ、目的地に向かいながら昨日話したことを簡単に繰り返した。家を買うということは土地を買うということ。城南エリアでは土地が残されておらず、いい土地を買うのは難しいということ——。

「私たち本当に買えるのかしら」

夫人はそう言っておどけたが、隠しきれない懸念がかすかに言葉に付着している。

途中、武蔵小山に寄った。

住宅街にぽっかり空いた更地。昨日見てきたいずれの土地に比べても遥かに広い。

「ここは先月、合計六区画売りに出されたんですが、二時間です」

夫人がわからないといった顔で、説明を促した。

「公開されてわずか二時間で完売しました、たった二時間です。購入された方の中には二年も家探しをしていた方もいました。武蔵小山でこれだけの土地はまずないですから、当然といえば当然ではあるんですけど」

それには半田さんも半ば呆然《ぼうぜん》とした面持ちで聞いていた。武蔵小山もまわしの営業計画の中に組み込まれていたが、話それ自体に嘘はなかった。

武蔵小山に寄った後、半田さんの要望に応える形で、利便性は申し分のない物件を案内した。駅には近いが、環境は望めない典型的なペンシルハウスだった。半田さんの予算では、求めているほどの、利便性、広さ、そして環境の三拍子揃った物件は望めない。本命の物件を見据えて、利便性は早いうちに潰すことを課長と決めていた。

「お伺いしている予算の中では、城南エリアで駅から近くて、大きさがとれて、尚且《か》つ環境のいいところはありません。予算に限りがある以上、環境や大きさをとるならエリアを譲っていただくか、そうでなければ駅距離を譲ってください」

さらにもう二件、似たようなまわしの物件を怯まず案内した。

ネックを潰すには、客が諦めるまでまわしの物件を案内し、勧めつづけることが鉄則、と何度も教えられた。

——下手に喋るな、現実を見せてわからせればいい。客が納得するまで何件でもまわしつづけろ。

結局、世田谷か目黒というエリアと住環境を譲ることのできなかった半田さんは、駅距離については求めないと口にした。

目黒の東が丘に車を進めた。

東が丘は第一種低層住居専用地域に指定され、閑静な住宅街が広がっている。半田さんの望む「静かで落ち着いた」環境と合致する。物件はすでに完成し、二十五坪の土地、二階建ての三ＬＤＫという間取りだった。夫人が嫌っていたペンシルハウスでもなく、価格も予算内だった。売れ残っているとはいえ、二人とも興味を示していた。しかし、駅距離十九分と聞いて、難色を示した。

「松尾さん、わがまま言って本当に申し訳ないんだけど、駅から五分とまでは言わないからもう少し、もう少しだけ近くになりませんか」

そして案内したのが、用賀だった。

道中に物件の概要は伝えた。二十七坪、二階建て、三ＬＤＫ、日当たり良好、田園都市線用賀駅から徒歩七分。城南エリアでも人気の高級住宅街に位置している。夫妻はそれを聞いてそれまでになく、期待を高めているようだった。

「私あまり用賀って明るくないんですけど、どんなところなのかしら」

夫人はよほど気になるらしく、思いついた質問を次々と投げかけてくる。半田さんも概要を聞いて、

「用賀駅から七分ですか。やっぱりあるんじゃないですか、松尾さん。出し惜しみしないでよ」

車は碁盤目状に区画された街並みを走る。道が広いことも二人の関心を引いていた。

あちらになります、と物件に案内すると夫妻は安堵《あんど》の表情を浮かべた。用賀の物件は夫妻の期待に適《かな》うものだった。内覧をしても、ことあるごとに頷いている。夫人に至っては、終始喋《しゃべ》り通しで、家具の配置や部屋の割り振りにまで触れていた。

だが、それも長くはつづかなかった。

内覧が一通り終わると、半田さんが思い出したように訊いた。

「松尾さん、そういえば、まだ値段訊いてなかったけど、これいくらなの」

値段はあえて伏せていた。

「こちらの物件は八千五百八十万になります」

半田さんが黙った。夫人も、八千万、と声に出したきり口をつぐんでいる。予算より一千万円以上高かった。

「ご要望の条件を全て満たすと、これぐらいの価格帯になってしまうんです。予算を上げていただくことは難しいですか」

訊くまでもなかった。

期待が高かっただけに、さすがに落胆の色は濃かった。

「なかなか見つからないわね」

夫人が溜め込んだ気持ちを吐き出すようにつぶやいた。半田さんは疲れた顔で窓外に目を向けている。

「東が丘のように利便性を我慢していただくか、利便性をとって広さか環境を我慢していただくか、どちらかになりますね」

こちらはやるだけのことはやった、後はそちら次第です、そうした気持ちを込めて言った。

「三階建てとか、変な形の土地とか、ごちゃごちゃしたところは嫌よ、絶対に嫌。ねぇ、あなた、ちょっと我慢して駅まで歩いてよ、健康のためと思って、ねっ。帰りは遅くなったらタクシー使えるんでしょ」

「何で俺が我慢しなきゃいけないんだよっ、毎日嫌な思いしながら必死になって働いてるんだ。何もわからないくせに偉そうなこと抜かすなっ。俺の金で買うんだ、お前は黙っとけ。お前の方こそ家でゴロゴロしてるだけだろ」

「ゴロゴロとは何よ、私だって毎日しっかり家事やってるわよ。こっちの苦労も知らないくせに、何言っててんのよ」

たちまち車内の空気が険悪なものになった。

その時、背広の内側に入れていた携帯電話が鳴った。急いで車を路肩に停め、電話を耳にあてた。

「かまし」だった。

電話が鳴る少し前、電話機の側面に付いているボタンを押していた。そのボタンを押すと、三十秒後に着信音が鳴る仕掛けになっている。かましの電話は、営業の基本技術として叩き込まれ、ここぞというときに使われる。

僕は、誰も応答するはずのない無音の電話に向かって話しかけた。

「お疲れ様です、松尾です。はい、今は、お客様をご案内中です。ええ……ええ……。えっ。本当ですか。あそこがですか――」

いつもは不自然になってしまう驚くそぶりも大袈裟になりすぎず、わざとらしさもない。かましの電話としては、失敗はないように思えた。

電話を切って、後部座席に顔を向けた。二人とも何かが起こったらしいことは察してくれている。興奮を抑えきれないかのように話した。

「今、上司から連絡が入ったんですけど、大変なことが起きました。実は、二週間前にわずか二十分で売れた物件があります。これはすごかったです、そのときは夜で日当たりや周辺環境もわからなかったのに、現地で図面を確認しただけで決めていただきました。でも、決めていただいた方はそれまでたくさん見てきた方だったんで、その良さを理解し、即決していただきました」

半田さんは結論を早く言え、とでも言わんばかりの顔をしている。

「その物件がですよ……一件、ローンキャンセルで再販売になりました。半田さんのご要望に適う物件です」

夫人が「えっ」と、身を乗り出した。

「これは特別な一件です。日本の戸建て市場でも屈指の城南エリアでこういう物件はなかなかありません」

そこで一息ついてから、

「これ……見ます?」

もったいぶって、試すように訊いた。

「見ます」

半田さんがすぐさま言った。

それを聞いて多少なりとも気が楽になった。期待していたひと言だった。このひと言のためにずっとまわしをしてきたようなものだった。まわしやかましが効いていなければ、客は興味を示さず、他のものを見せろと言う。

「これ見てしまったら、他の物件は見られなくなります。正直、これ以上の物件はもう出ないと思います。もし今回買い逃したら、ずっと家探しすることになるかもしれません。皆さんそうなんですけど、一度いいと思った物件を見てしまうと、次はそれ以上のものが出ないと買えなくなるんです。それでも……見てみます?」

低く抑えた声でしつこいぐらい慎重な態度を醸し、臨場感を演出することに努めた。

半田さんは少し考えるような表情をつくりはしたが、しかし、すぐに答えを返した。

「見ます」

張りのある声だった。

「わかりました、それでは見に行きましょう」

ハザードランプを消し、車を出した。

「急ぎましょう、急いだ方がいいです。他の営業マンにも連絡がいっているはずですから」

煽ることも忘れなかった。

目的地に着くまでに物件の概要を伝えた。二十六坪の整形地、未公開物件、日当たり良好、二階建て、三ＬＤＫ、駅徒歩十分、七千五百八十万円。場所は当初から半田さん夫妻が望んでいた世田谷の桜新町。物件はまだ更地だったが、建物のサイズはすでに東が丘で確認済み。条件に合致する、本命物件だった。

それまで何度も期待と落胆を繰り返していただけに、夫妻は慎重な姿勢を崩すことはなかったが、それでも物件の概要を聞いて平静ではいられないようだった。

半田さんも夫人も物件のことやキャンセルした客のことなど、落ち着きなく訊いてくる。

現地にはすぐに着いた。

それまであれ程喋っていた夫妻が物件を前にした途端、静かになった。図面で確認している間も夫妻は言葉を失ったように何も話さない。そして、一通り確認が終わると、急にスーパーや小学校の場所など、周辺環境のことを気にしはじめた。

夫妻を促して、駅まで歩いた。表向きには徒歩十分だが、実際に歩いてみるとなかなかその通りにはいかない。駅距離を気にする半田さんが後になって心変わりしないよう、今のうちに実際の距離感と乖離《かいり》がないか確認しておきたかった。

「この辺の小学校は人気なんですよ。このあたりの小学校に子供を通わせたくてわざわざ部屋を借りられる方もいるぐらいですから」

それまで教育の話など興味すら示さなかった半田さんも熱心に耳を傾けている。

「これだとちょっと駅から離れすぎですよね？」

物件まで戻ったところで訊いた。これまでまわしの物件は、それがどれだけ気に入らないものだろうと勧めてきた。本命はその逆。押しの営業と引きの営業の使い分けも課長から教わった。

「いえ、全然。これなら全然気になりません」

半田さんは虚を衝《つ》かれたように慌てて手を左右に振った。

「でも、ちょっと日当たりが悪いように思うんですけど、日当たり、気になりますよね」

日当たりは申し分ないのにあえて訊いた。再び大きく手を振った。

ここまでくれば、半田さん夫妻がこの物件に決めたのは明らかだった。

「どうします」

居酒屋のアルバイトが注文をとるような軽さで訊いた。気持ちを悟られないか、内心落ち着かなかった。

「えっと、どうすればいいんですか」

普段は責任ある仕事をこなし、難しい判断を下しているに違いない半田さんが子供のような質問をする。当惑した顔でこちらを見ていた。

僕は満面の笑みを浮かべて、

「買いましょう」

と言った。惑いなく言いきった。

このひと言が言えなかった。検討してくださいとか、お願いしますとか、核心を避け、婉曲的《えんきよくてき》な表現で濁してしまう。全く売れない営業マンが口にする言い回しを使ってばかりいた。客に対してはっきりものを言うことが何となく悪いような気がしていた。

はじめてやわらかい表情を向けたことで、半田さん夫妻は警戒心が抜け落ち、気を許しきっているように見えた。

油断するな、そう自分を叱咤して、煽りを入れる。

「販売が終わっているかもしれないので、他の営業マンの動きを確認してきます」

少し離れた場所で課長に連絡を入れ、これから店舗に戻ることを伝えた。

走って戻るなり、

「ちょっとまずいです、他の店舗のお客様もキャンセルを聞きつけて、明日の朝一番に名古屋からご両親を呼びよせて見せに来るそうです。桜新町は競合が多いですし、営業マンからすればこんな売りやすい物件はないですからね。城南中の営業マンがこの一件のために客をつけようとしています。物件発表後は早い者勝ちです、物理的勝負です」

考えておいたかましを矢継ぎ早に浴びせた。

半田さんが慌てて言った。

「松尾さん、急ぎましょう」

営業車まで走って戻ると、半田さん夫妻も駆け足でついてくる。

「松尾さん、出して。早く出して」

息を切らせた声が後部座席から飛ぶ。

途中、赤信号につかまった。黙っていても、もどかしそうにしているのがわかる。夫人はまだしも、あれほど冷静だった半田さんが興奮し、動揺しているのが意外だった。ふと、夫妻だけでなく、そのように仕向けたはずの自分自身も抑えがきかないほど昂《たか》ぶっていることに気付いた。

店舗に到着してから、一番乗りだと伝えると、弾けたように夫妻は喋りはじめた。家を買う、その生涯最も高額な買い物がいよいよ現実のものとなり、平静さを完全に失っているようだった。

「ローン担当呼んできますね」

営業ルームのドアを開けた。日曜日の午後六時、契約を決めたばかりなのか余裕を見せている営業マンもいれば、焦燥の色を浮かべて電話をかけている営業マンもいた。

豊川課長がこちらに視線を向けた。
「決まりか」
「決まりです」

五

課長の後ろ盾があるとは言え、にわかに売れはじめると周囲の態度が変わった。部長を筆頭に、一部の者はひとりの営業マンとして接してくれるようになったが、それは少数派で、大方は不愉快そうな顔を露骨に向けるようになった。マルメラの当て付けが度を増したのはまだしも、あれだけ気さくに声をかけてくれていた河野さんが避けるようになったのは少し寂しい気もした。

だが、本当に変わったのは周囲の方ではなく、自分なのかもしれない。

第一に、身なりが変わった。スーツや靴を買い替えるとき、無駄に値の張るものを選ぶようになった。収入は増えたが他に使うあてはないのだ、それぐらいに思って大金を張り込むことに躊躇はしなかった。服飾に対する興味の希薄さに変わるところはない。が、いいものの、いや、値の張るものを身につけてみると意外にも悪い気はしなかった。何かそれだけで自分が何者かになったようで、満たされた気がした。

第二に、言動が変わった。曖昧なことを避け、白か黒かで物事を判断するようになった。それに従って行動は合理的に、発言は断定的になった。感情の大きな起伏も起こらなくなった。言動の変化は複数の人間に指摘されるまで、自分の意識には上らなかった。

第三に、世の中を見る眼が変わった。全てとは言わないまでも、ある程度まで客を自分の思う方向に仕向けられるようになった。客は世間一般に社会的地位が高いとされる人ばかりが揃う。大企業の管理職、経営者、政治家、官僚、大学教授、弁護士、芸能人、医者……。時に、見栄ばかり優先して現実を直視しようとしなかったり、驕慢《きようまん》な割に優柔不断だったり、あるいは人目も憚《はばか》らず家族を面罵したりする姿を見ると、どれだけ社会的な評価が高くとも、いくらか冷めた眼で見てしまう自分をやめられなかった。

そして第四に、生活のリズムが変わった。以前にも増して仕事中心の生活になった。さらなる残業を厭《いと》わず、休みの日も誰よりも仕事をした。仕事が楽しいと思えた。睡眠不足は常で、ひどく疲れてもいたが、その疲れすら心地よかった。

家が売れる度、祝勝会と称して課長は僕を食事に誘った。仕事が終わってからのため、自然、深夜に限られた。体は疲労困憊《ひろうこんぱい》の状態でも、頭に滾《たぎ》る興奮は少しも冷めず、怖いくらい冴え渡っている。大して呑むわけでもない、ささやかな祝宴は、どこか儀式めいていて、言い知れぬ達成感をもたらした。

課長がソファに深く背をもたせ、グラスに口をつける。普段の仕事では、決して見せない表情だった。

琥珀色《こはくいろ》の液体に丸く削られた氷塊が沈む。いつになく身に沁み、すぐに酔いがまわった。

「お前、女といるらしいな……惚れてるのか」

部内の誰かから伝え聞いたのかもしれない。

そうだと言いたかった。いや、言うべきだった。仕事にのめり込むにつれ、真智子の存在が遠のいていった。仕事のせいにしていた。だが、もし仮に仕事がなかったとしても、以前と同じように彼女に気持ちを寄せることができるだろうか。何も答えられなかった。

「惚れた女はやめとけ。この仕事に女は虚しい」

その言葉が胸の奥底にゆっくりと静かに降りてくる。その軌跡を辿《たど》っているうち、いつしか意識は朧に沈んでいった……。


「ご飯どうする」

　深夜、仕事を終えて、三軒茶屋のマンションに戻った。部屋は暖かかった。真智子は背広をハンガーにかけている。テーブルの上にはトマトベースの煮込みだろうか、皿に盛られた料理にラップがされていた。

　食事は深夜まで営業している三宿《みしゆく》の蕎麦屋ですでに済ませてあった。このところずっとそうしている。

「ごめん、ご飯はいいや」

　真智子が食事を作ってくれているのは知っていた。真智子の部屋に転がり込んで以来、二人分の料理を作り、仮眠をして帰りを待ちつづけてくれている。真智子の料理が不味《まず》いわけではない。いや、基本に忠実でシンプルに調理された料理は下手に外で食べるよりずっと美味しい。そのために家賃とは別に食費も彼女の口座に振り込んでいた。わざわざ仕事帰りに外食する理由などありはしなかった。だというのに、このところ真智子の部屋で彼女の料理を食べる気になれない。

「そっか。じゃあ、冷蔵庫に入れとく、ご飯は食べられるときにちゃんと食べてよ。体壊したら元も子もないんだから」

真智子が嫌いなわけではなかった。むしろ、彼女の傍にいると安らぐ。ただ、彼女との距離がこれ以上近接することを恐れた。

帰りに買った缶ビールを呑んだ。

「大丈夫？」

冷蔵庫の前に立った真智子がこちらを見て言った。

「きついんなら、仕事変えたらどう。一緒にいられればそれでいいんだから」

温《ぬく》もりのある響きに気持ちが激しく乱れる。

残りのビールを流し込んだ。

彼女は清爽《せいそう》とし、時にやわらかな情をもって接してくれる。だが、その寛容さは今の僕にとって麻薬と同義だった。仕事にのめり込み、以前では想像できないほどそれはうまくいっている。だが、裏では、身も心もぼろぼろだった。それでもどうにかやれているのは、綱渡りのような緊張と、時に自分でもおかしいのではと疑うほどの興奮が常態化しているからに他ならない。真智子の気遣いが、酷使され軋《きし》みつづけている心身を癒し、その痛覚を忘れさせてくれることは疑う余地もない。が、かろうじて保たれている危うい均衡を打ち崩す毒も多分に孕《はら》んでいた。

シャツを脱ぎ捨て、ベッドに突っ伏した。目を閉じる。真智子が電気を消し、布団に身を入れてきた。背中にそっと華奢《きゃしゃ》な指先が触れた。

「……これ以上やると壊れそう」

彼女の消え入りそうな声の余韻《よいん》が闇に漂う。

「わかってるよっ」

そのつもりはないのに、声は激していた。自制できない自分自身に苛立った。抑えていたものが溢れそうになる。

「……うん、でも」

穏やかな声だった。彼女のあたたかい手が背中からすっと沈み込み、胸底のささくれ立った襞《ひだ》を撫でてあげてゆく。

駄目だった。どうしても抑えきれなかった。

「わかってるって言ってんだろっ」

傍にあった目覚まし時計を摑み、冷え冷えとした闇に向かって思い切り投げつけた。いくつもの、何かが激しくぶつかる音と割れる音が虚しく夜陰に響いた。

待ち合わせの場所に現れた藤沢さんは名刺を差し出して挨拶した。

普通、営業マンが名刺を差し出すことはあっても、客の方から名刺交換を求めてくることはまずない。どの客も最初は、不動産の営業マンに無警戒に身分は明かさない。

名刺には大手総合商社の社名と大仰な肩書が刷りこまれていた。

年は三十代後半か、ひょっとしたらもう少し上かもしれない。カジュアルだが金はかかっていそうな身なりで、夫と腕を組む夫人も派手な装いに身を包んだ、いわゆる美人の部類に入る容姿をそなえていた。一瞥するだけで公私共に順風満帆な様子が見て取れる。

藤沢さんは案内にまわる道中、絶えず話しかけてくる。

「えっ、鈴木先生のところなの。俺もだよ。ＯＢ会にも何度か顔出してるし、どっかで一度は会ってるよ」

話をしていくうちに藤沢さんが大学の先輩で同じゼミナールだということがわかった。ＯＢ会などの大規模な会合で同席したことぐらいはあるかもしれない。

「鈴木先生のとこ出て不動産っていうのも珍しいな。でも、ギラギラして板に付いてるよ。いいやつ期待してるから、頼むな」

「ちょっと悠介、ギラギラなんて失礼よ」

夫人が笑いながらたしなめた。

「やっぱりマンションより一戸建てだよな。俺の周りに高層マンション買った奴いるけど、朝はエレベーターは混むわ、西日でサウナみたいになるわで大変みたいだし」

藤沢さんが同意を求めるように言った。

「そうですね。それにマンションと一戸建てですと、数十年後と長い目で見た時に資産としての価値が違いますから――」

話を聞くと、社内での出世は早く、目標の頭金が貯《た》まったため家を買うことにしたという。六千五百万弱という予算は、藤沢さんの年齢ではもちろん少数派だったが、城南エリアで見れば並みの域を出ず、本人が思うほど選択肢に広がりはない。

「さっきの人、お前の上司？」

自宅まで送り届ける途中、藤沢さんが訊ねた。案内をしてから一度店舗に戻り、豊川課長が接客をした後だった。

「あの人、前にうちの会社にいたよ、多分。同期でもないし、部署も違うけど同じフロアにいたから顔覚えてる、あっちは多分知らないだろうけどな。すごい仕事のできる人みたいだったけど、突然辞めたとか聞いたよ」

はじめて耳にする話だった。豊川課長が途中入社組ということは知っていたが、それ以前に何をしていたのかは誰も知らなかったし、課長もそれについて話さなかった。

課長が大手の商社で働いていたことが意外に思えた。大きな組織の中にいる課長の姿が想像できなかった。しかし、他の不動産一筋の営業マンらとは明らかに違う仕事のやり方やスタンスを考えれば、ありえない話ではない。

「色々あったんだろうけど、街の不動産屋やってるとはなぁ。辞めずに居つづければ、今ごろ本社の管理職か子会社の社長ぐらいには落ち着いてたかもしれないのに」

課長が侮辱された気がした。そして、そのことに苛立っている自分に気付き、いくらか当惑した。

「やっぱり絶対に潰れない大手のサラリーマンやってるのが一番だな。松尾君も不動産屋もいいけど、まだ若いんだし、中途でどっか大手のいいとこ潜り込んだ方がいいよ」

夫人が身につけている香水だろうか、主張しすぎる複雑な香気が車内を満たしていた。

暮れも押し詰まった頃、圭佑から連絡が入った。

この日は水曜日であたりが暗くなった時分には帰宅する者もいたが、残って仕事をつづけていた。年末ということも関係しているのか、案内がなかなかとれなかった。

「今日何してる、休みだろ」

「仕事してるよ、どうした」

「忘年会やろう、忘年会」

渋ったが、結局押し切られ、九時を過ぎたところで恵比寿に向かった。繁華街から外れた小さな店で、刺し身をつまみながら呑んだ。

「そんな時計、いつの間に買ったの」

グラスを持った左手をのぞき込んできた。

「何だか、しばらく見ないうちに貫禄が出てきたな」

「どういう意味だよ」

無理に笑ってみせたが、圭佑はちょっと驚いていた。

わずか半年あまりの変わりぶりが不思議でならないとでも言いたげな圭佑に、駒沢支店に異動してからの経緯を簡単に話した。

「そういうこともあるんだな。あんなに死にそうな顔をしてたのに、なんか張りがあるよ、全然前と違う。とりわけ、今にも人を殺しそうなその目が違う。やっぱり、いいことばかりはつづかないけど、悪いことばかりもつづかないんだな」

あるいは、そういうことなのかもしれない。圭佑が指摘するように、豊川課長との出会いも時の巡り合わせであり、それが一つの転機になっただけなのだ。

「そういえば、今度ベトナムに行くことになった」

「転勤ってこと?」

以前なら間違いなく興味を示すような話題に、気持ちが乗ってこない。

「転勤っていえば転勤だけど、二年間は現地の大学院に留学させてもらえる。社内の試験受けたら運よく通ったんだよ」

途上国を中心とした海外に事業の主軸を移そうとする、圭佑の会社の戦略からすれば特段珍しい話ではないのだろう。が、それでもこの二年近く、東京都心城南エリアという限られた地域に閉じこもっている身としては、生活拠点を海外に移す話など別世界のことのようにしか思われず、型通りの発問と浅薄な反応でやり過ごすのが精々だった。

「いつから」

「現地に行くのは年明けてすぐ、それから学校に行く予定。まだ、ちゃんと決めてないけど、もしかしたら学校行って、しばらく現地で働いた後は会社辞めるかもしれない」

圭佑はグラスの酒を呷って、つづけた。

「辞めてあっちで何かやろうと思ってる」

「何かって」

「それはあっち行って見つける。ただ、村落開発とか現地の人たちに貢献できるようなことをやってみたい。まぁ、先の話だけど」

圭佑と僕が在籍していたゼミナールは開発経済の研究を専門としていた。在学中も途上国の村落開発について研究を発表していた圭佑は、そのつづきをベトナムで実践しようと考えているようだった。

「そっちはどうすんの。仕事は今はどうにかやってるみたいだけど、このまま不動産屋つづけるのか」

不動産業を快く思えず、だから友人がその仕事に従事するのを黙って見過ごすわけにはいかないという彼の真意も、そしてその真意が彼の生来の思いやりに根差していることもよく理解していたはずだった。にもかかわらず、自分への非難としか聞こえてこない。

学生のとき、将来を思うと、眼前の道が無限に枝分かれしていく様が、透いて見えた気がした。しかし、今では、見通しの全くきかない道を覚束ない足取りで前なのか後ろなのかもわからず進んでいる……。

乱暴な言葉を押し殺して、酒を口に含んだ。何の味も香気もない不快な感触が舌に残った。

圭佑の携帯電話が鳴った。

「ビリーたちが銀座で呑んでるらしい。来いって言ってるけど、どうする」

大学のクラスが同じだったビリーとは、卒業後、顔を合わせていない。

「ビリーの他は」

「わかんない」

「今日はいいよ、今度にしよ」

反射的に言った。自分の今の状況に、負い目はなかった。いや、そう思いたいだけで、実際はその負い目が躊躇させた。

「そんだけ忙しぶっといて今度なんかあるわけねぇだろ、行ってみようぜ」

店員をつかまえて、圭佑が会計を頼んだ。

店は数寄屋橋《すきやばし》の交差点から十分ほど歩いた、真新しいビルの五階にあった。店内は広く、間接照明に照らされた大袈裟な内装が目を引いた。結婚式の二次会あたりで使われるような店なのかもしれない。

慇懃な店員に付き添われ、テーブルに通された途端、やはり来るべきではなかったと後悔した。

「おぉ、松尾もいる」

「すごい、松尾君がスーツ着てる、なんか全然雰囲気違うんだけど」

大きなテーブルを囲む十人はいそうな男女が、一斉にこちらに顔を向け喚声をあげた。こんなに大勢揃っているとは思っていなかった。しかし、それ以上に後悔したのは、そこにめぐみの姿があったからだ。

一年ほど交際をつづけためぐみとは、大学四年の夏に関係を終えた。意外に保守的なところがあった彼女は、こちらの就職活動に対する怠慢と、その延長線上に待ちかまえる将来への不安を理由に、これで終わりにしようと切り出した。

圭佑の顔を見た。済まなそうにしている。圭佑も彼女がいることは知らなかったということなのだろう。一瞬、帰ろうかと思ったが、それは圭佑やビリーたちの好意に対してあまりにも悪い気がした。

空いた席に座り、久々の再会を祝って乾杯をしても、端に座るめぐみが気になり、落ち着かない。

二年ぶりに会うめぐみは、雰囲気が随分と変わり、大人びて見えた。もともと装いには気を配る方だったが、仕事柄なのだろう、全体的に洗練された感じをうける。

酒が次々に運ばれ、皆、思い思いに喋っている。どんな仕事をしているか、どれだけ忙しいか、どれだけ稼いでいるか、どれだけ稼げるようになるか。そうした話の端々に過剰な自負が見え隠れする。彼らの話す華やかな仕事や生活はどれも取るに足らぬものばかりのはずなのに、いや、だからなのか、こちらの気持ちをかき乱してくる。席を外した。

店を出てすぐのエントランスホールに携帯電話を手にしためぐみがいた。こちらが身を隠す前に、彼女が気付いた。

「……久しぶり、だね、ちゃんと働いてるんだ」

懐かしい声の響きだった。

「働かないと生きていけないだろ」

動揺を悟られないようにしたせいか不機嫌な声音になった。そのまま通り過ぎようとして、呼び止められた。

「恰好いいじゃん。スーツ、似合ってるよ」

彼女は含みのある笑みを浮かべてそう言うと、どこかに電話をかけはじめた。

胸がざわついていた。

席に戻っても、鬱陶しい話題は変わらない。

「平日は上司との呑みで終電に間に合わねぇし、休みの日は接待でゴルフだし、あぁ、学生時代に戻りてぇよ。リーマン辞めてもう一度音楽やろっかな」

「お前、今からそんなんでどうすんの、社会に出たら思うようにいかない、嫌なことも引きうけなきゃいけない、そういうもんだよ。皆、我慢してやってる。自分だけ大変みたいな言い方すんなよ」

自分に向けられた言葉ではないのに、そう聞こえてしまう。膨れあがる苛立ちを抑えられなかった。

不意に、桜井と呼ばれている男が話を振ってきた。初めて見る顔だった。

「ねっ、君はどういう仕事してんの」

普段なら気にもならない「君」という呼びかけが引っかかってとれない。

「不動産屋です、家売ってます」

「結婚したら世田谷あたりで家買おうと思ってんだよね、友達呼んで庭でバーベキューとかしたら楽しそうじゃん。家って、いくらぐらいで買えんの」

嫌な訊き方だった。

「世田谷ですか。場所にもよりますけど、そうですね……人の呼べるような庭付きだと一億はないと難しいかもしれないですね」

表情に出ないように答えた。

「そんなすんの、お前、それはいくらなんでも盛りすぎだろ」

挑発しているのか、冗談で言っているのか判断がつかなかった。が、いずれにしろ穏やかでいられるほどの余裕は僕には残されていなかった。

いけない、と思った時には口が開いていた。

「嘘なわけねぇだろ、カス。本当だよ。世田谷で庭付きの家なんててめぇなんかが買えるわけねぇだろ。そもそも大企業だろうと何だろうと、普通のサラリーマンじゃ一億の家なんて絶対買えない、ここにいる奴は誰ひとり買えない。どんなにあがいてもてめぇらが買えるのはペンシルハウスって決まってんだよ」

座が静まった。

沈黙を嫌うようにひとりが言った。大学のキャンパスで何度か見たことのある顔だった。酒がまわりすぎているのか、目が据わっている。

「何偉そうに言ってんだよ。お前らがしてる仕事なんて人騙《だま》すような営業ばっかりだろ、内容がなくて金が全て。俺なら死んでもやらないね」

ベージュのスーツを着た女性がそれをうけて言った。

「でも、やっぱり儲《もう》かるんでしょ」

「そりゃ人騙せば金なんていくらでも入るよ、金が全ての人生なんて俺は嫌だね。金に群がるハイエナになるのは」

酔っ払いのたわ言など放っておけばいいのに、苛立ちが治まらない。怒りに任せて言った。

「やるか」

視線すら合わせようとしない。全く相手にもされないことがさらなる怒りを呼ぶ。だが、立ち上がって摑みかかろうとしたところで圭佑に止められた。

視界の端で、めぐみが動揺した視線をこちらに送っていた。

年が明け、依然案内が確保できずにいたが、それも一時的なものに違いなく、自分に課せられた戸数分はかろうじて売れていた。部長だけでなく、社長からも大きな数字を期待されるようになった。だが、会社の目標をいくら達成しても、どこか満たされない空虚な気持ちが胸の内側にへばりついてとれない。無理に剝がそうとすれば血が流れた。

年末年始を新潟の実家で過ごしていた真智子が、松がとれる頃になっても戻ってこなかった。電話はなかったが、メールによる簡単な知らせはあった。家族が病に倒れ、その看病のためしばらく戻れない、とのことだった。一応、そういうことだった。彼女に対する自身の仕打ちを振り返れば、遅かれ早かれこうなることは目に見えていた。全ては身から出た錆《さび》だった。

深夜の麻布で酒を呑んでいるとき、話の接《つ》ぎ穂《ほ》程度にそのことを課長に話した。出ていったとは言わなかった。別れたとだけ言った。課長は何も言わなかった。

部屋に戻ればいるはずの彼女がそこにいない。失って初めて気付く痛みの大きさぐらいわかっていたつもりだったのに、何もわかっていなかった。真智子との距離が近づくことを避けておきながら、関係が切れることは受け入れられない。

そうした自己矛盾が輪をかけて心を不安定にさせた。

真智子を失って生じた心の空隙《くうげき》を放置できるほど強いはずもなく、甘い蜜が垂れるようにめぐみが入りこんできた。

休日、どの客も正月気分が抜けないのか、案内がとりづらい。手持ちの客が次第に減ってきている。早く新規の見込み客が欲しかった。その夜、私用の携帯電話が鳴った。ディスプレイをのぞくと、めぐみの名前が見える。

最後に表示されたのはいつだろう。

「突然、ごめんね。圭佑に訊いたら水曜日なら大丈夫だって言ってたから……」

圭佑は来週あたり、ベトナムに発つと言っていた。

「……今夜よかったら久しぶりに食事でもしない、この間はほとんど話せなかったし」

めぐみとは自分の中ですでにケリがついている。行ったところで何がどうなるわけでもなかった。にもかかわらず、いや、だからこそ断る気にはならなかった。

めぐみと待ち合わせをするのも、二人きりで食事をするのも久しぶりだった。

だが、以前とは食事をする場所が違う、口にする話題も違う、互いの状況も違う。決して満たされることはなかったが、自分を慰めるには十分だった。めぐみは用意していたように、恋人とうまくいっていないことを話した。

「すごいね……学生の時と全然違う。バリバリ働いて、たくさん稼いで――」

一軒目を出ても帰らず、二軒目でも帰らなかった。

フットランプの淡い照明が闇に漏れている。衣服を剝ぎ取ると、長い髪を結いあげて露わになった背中が薄い陰影を伴って浮かびあがった。何度も目にしていたはずなのに初めて見るような気がする。この熱《いき》れを放つ背中に触れても、胸の内は乾き、荒んだままだった。

真智子が脳裏に映る。振り払っても、またすぐ現れた。瞬きもせずこちらを見つめている。その穏やかな表情に気持ちが激した。何もかも打ち消すように肉をぶつけた。肉がぶつかる度に新たな苛立ちが湧き立った。

床に衣服やヒールの高い靴が散らばっている。自分のものだけ拾いあげ、身につけた。フットランプを消し、めぐみを起こさぬよう、そっとドアを閉めた。

ロビーを抜けると、冷え切った朝の空気に身が引き締まる。吐く息が白い。コートの襟を立て、通りまで足早に歩いた。

「お前の先輩、明日も案内入ってるのか」

豊川課長がホワイトボードの予定表を見ている。藤沢さんと明日の昼に約束していた。

「あれは駄目だ、殺せない。ああいう勘違いしたのは、典型的な買えない客なんだ。適当に見切りつけて他に力を入れろ」

藤沢さんは年が明けても家が決まらなかった。こちらがお願いしなくとも、案内を入れ、自分が忙しいときは夫人ひとりでも案内を求めてきた。それだけ買う気持ちは強いようだった。だが、要求が高く、現実を受け入れられない。

課長は少し考え込んでいるように見えた。

「やっぱり駄目か」

「買いたい気持ちに嘘はないようなので何とかして殺します」

「いや、客じゃなくて、お前の方」

課長の眼に突き放した悲哀の色が滲んでいる。

「女が離れてからだろ、もしかしたらその前からか。やっぱり、無理か」

仕事はこなせている。結果も出している。何が駄目なのだろう。何が無理だというのだろう。

課長はそれ以上何も言わず、席を立った。呆然と立ち尽くしたまま、その後ろ姿を目で追うことしかできなかった。

これで何件、まわしを見せたか。藤沢さん夫妻は不服そうにしている。どれだけまわしを見せて城南エリアの住宅事情を説明しても納得がいかない様子だった。

「いや、これはこれで悪くないんだけど、もうちょっと環境っていうか、広さっていうかさ、わかるだろ」

「赤堤《あかつつみ》は言わずと知れた高級住宅街です、先ほどご覧いただいた大岡山もそうです、環境は城南エリアでも指折りです。第一種低層住居専用地域です。もし、環境をとってその上に広さも望むのでしたら、予算をあげてください」

当然のように、予算をあげるのは無理だと言う。

「それでは、川渡りましょう、仕方ないです。郊外のベッドタウンに行けば、ご要望通りの物件があります。皆さんそうしてます」

「いや、神奈川もいいんだけど都内までの通勤が大変だろ。やっぱり城南エリアじゃないと……。何かもっとないの、田園調布とか成城とか」

結局、そういうことだった。

当初、できれば成城あたりで、とは確かに言っていた。ただそれも、予算に見合う物件は市場にないと告げると、納得した様子だった。だが、案内の度に重視する条件は変更され、シナリオに従ったまわしは全く使いものにならない。そうなのだ、「できれば」というのは虚栄心が言わせる言葉に違いなく、「絶対」と読みかえるべきだったのだ……。

「ご予算の範囲でも成城で家は建ちます。ただし、広さと日当たりは諦めてください、最初にお見せした通りです」

捨てるように言った。

「隣の家にくっついているような、あんな鉛筆みたいな家は駄目だよ、恥ずかしくて人に見せられないよ。もっとあるだろ、普通の奴が。掘り出し物出してよ、もったいぶってないで」

藤沢さんの業を煮やした態度にこちらまで苛立ってくる。互いに気持ちを落ち着ける必要があった。

「藤沢さん、よく考えてください。家は投資です。今、家を買ったら一生その家に住むおつもりですか。失礼ですが、藤沢さんはまだまだお若いです。これからもたくさん働かなければいけない。朝は早いし、帰りも遅い。休みの日になれば、都内で遊ばなければならないし、買い物にも行かなければならない。多少、狭くて環境が悪くても便利なところに住むべきです。仮に今、六千五百万の家を買って二十年後に売っても城南エリアであれば四千万で売れます。郊外ではそうはいきません。要は土地の値段なんです。年をとれば生活スタイルも変わるし、価値観も変わります。退職したときにまた考えればいいんです。時間が経っても商品価値が下落しにくいものを今は選ぶべきです」

それで切れてしまった。青筋を立てて怒鳴った。

「お前に言われなくてもそんなことわかってるよ。俺はお前の客なんだ、黙ってこっちが納得するもの見せればいいんだよ。偉そうに俺に御託《ごたく》を並べるな」

ここまでだった。

課長の言う通り、どれだけ時間を費やしても徒労に終わるだけだ、心底そう思えた。頭を下げて詫び、これ以上納得してもらえそうな物件は案内できないことを伝えた。

藤沢さんは、嘲るような笑いを浮かべた。しかし、その目だけは憤りに満ちていた。

「いいんだよ、後輩だと思ってこっちが期待しすぎた。悪い悪い、頭の足りないお前には無理な話だった。一応、先輩だから忠告しといてやるけど、お前染まりすぎてるよ、驕《おご》りや欺瞞《ぎまん》が顔に表れてる。金にたかって欲に塗《まみ》れる人生もいいけど、もう少し考えた方がいいよ」

藤沢さんは夫人の手をとって、その場を去っていった。

ハンドルは何とか操れても、頭の中は乱れていた。途中途中、自分が今どこを走っているのかわからなくなる。

前方の信号が黄から、やがて赤に変わった。かろうじてブレーキを踏み、車を停めた。歩行者が交差し、視界を埋める。おりた瞼《まぶた》の裏を切れ切れの想念がかすめてゆく。

後続からクラクションが鳴る。ふと、次の案内に意識が向いた。この案件は、今日でクロージングする予定でいた。が、失敗すればおそらくは目標が未達になる。一刻も早く店舗に戻って準備をする必要があった。

やまないクラクションを聞くうち、昨夜仕込んだ営業の段取りが具体的なましを伴って明瞭に思い起こされてくる。シナリオに瑕疵《かし》はなく、成約するイメージしか湧いてこない。不思議と気持ちが落ち着きを取り戻していった。

車を進めた。途端、どす黒い不安がのぞいた。アスファルトに引きずられ、由来のわからぬ不安が悲鳴をあげる。成約に至るイメージは歪《ゆが》み、跡形もなく霧散した。何だか声を出して笑いたくなった。白く霞む頭の中で、僕は力の限りアクセルペダルを踏み込んだ。

解説

城繁幸

当初、何の予備知識も持たずに本書を読み始めた筆者は、いわゆるブラック企業ネタ満載のエンタメ本という印象を受けた。「日本にはこんなにひどい職場があるんですよ」という貧乏自慢ならぬ過酷職場自慢の読み物は、下を見て生きたいと願う人たちに常に一定のニーズがある。実際、週刊誌などでは、労働問題としてではなく、そうした大衆のニーズを満たす読み物としてそうした問題を記事にするという記者もいるほどだ。

ところが主人公が初めて戸建てを売って一皮むけて、やがて仕事のやりがいを感じている様が読んでいるこちらまで伝わってくるようになると、これは仕事の醍醐味《だいごみ》と成長の喜びを若手に教える福音書なのではと感じるようになった。実際、文句は言うけれども一向に改善のための努力をしようとしない主人公のねちねちした湿っぽい性格に若干いらついていた筆者は、我が事のようにその成長ぶりが嬉しかったものだ。

だが、最後まで読み終えた今、本書のテーマはより深く根源的なもののように思われる。それは「ブラック企業って傍《はた》から見てると面白い」とか「営業は見た目を気にしろ」とかいったレベルの話ではなく、そもそも日本人にとって仕事とは何か、というものだ。

日本は終身雇用制度という建前に基づいて各種労働行政が運用されているため、雇用さえ守られるならその他の労働環境は大目に見てもらえるようになっている。結果、企業は男性従業員をフルタイムでバリバリ働かせ、雇用調整は残業時間の上限を通じて行うようになり、女性はそのサポート役に回る仕組みが出来上がった。日本名物の長時間労働や専業主婦といった概念は、いずれも戦後に終身雇用とセットで生み出された最近の流行りものに過ぎない。もちろん外国でも働きすぎて体を壊すビジネスマンはいるけれども、それは超一流のエリート限定であり、年収五百万円くらいのサラリーマンが過労死するのは日本だけである（〝karoshi〟という言葉は既に英語として広く認知されている）。

というと「本書に出てくるようなガラの悪い不動産会社は終身雇用なんてどこ吹く風ではないか」と思う人もいるかもしれないが、そこがこの問題の肝である。

会社として終身雇用なんて守るつもりはなくとも、彼らには「大企業や官公庁と同じルール」が適用される。だから、こうした中小企業も大手商社や銀行よろしく、従業員に長時間残業を伴う滅私奉公を強い、辞令一枚で転勤させるわけだ。

要するに今の日本には、労働環境は悪いけれども長期で見ればそれなりに報われそうな一部の大手企業と、同じく労働環境も悪いが雇用も保証されない中小企業群が混在し、（雇用流動性が低いから）それぞれがガラパゴス的箱庭のように併存しているわけだ。

多くの日本人が、なぜ我々は世界有数の経済大国となった後も働きアリのごとくに働き続けなければならないのかという疑問を抱いている。そして、人生最大の時間を費やすであろう職場で、上から降ってくる仕事が自分の人生にとってどういう意義があるのかと日々自問自答し続けている。仕事というものは日本人にとっては、切っても切れない永遠のテーマなのだ。

そして、社会全体も、無意識のうちにそうした価値観を受け入れ順応してしまっている。今でも子供の大学選びで親世代が重視するのは就職率（それも大手や公務員への）であり、レールがどこへつながっているかという一点だ。そこで何が学べるかというコンテンツの話ではない。だから、学生も本気で勉強に打ち込まず、なんとなく大手企業に就活し、内定をくれた（出来るだけ大きく有名な）企業になんとなく人生を預けることになる。そこには同期と比べて自分はどうだといった相対的なモノサシはあっても、自己の中心にはぽっかりと空虚な穴が開いたままである。何を隠そう、筆者自身、二十代の当時は自己の内部に巨大な穴を抱えて苦しんだ身だからよくわかるのだ。恐らく、筆者が最初、はっきりしない主人公にいらだちを覚えたのは、そこにかつての自分の姿を見たためだ。

そういう意味では、本書の主人公は典型的な悩める若者といっていいだろう。目的もないままなんとなく大学に進学し、周囲がするからという理由でなんとなく就職してしまう。「なぜ畑違いの不動産業に？」と聞かれても自分でもよくわからない。そこが合わないとわかった後も、目的がないからずっと足踏みし続けている。

彼はずっと他者との距離感だけで生きてきた、胸にぽっかり穴の開いた人間だ。みなとそっくり同じだと不満を感じるからちょっとずれた自分に酔ってみたいけれども、逆にみなと離れすぎると不安で不安でたまらない。上司からすれば、これほど始末に負えない新人もいないだろう。「お前は自分を特別な存在だと思っているが、お前は特別でも何でもないし、何者にもならない」という課長の豊川の指摘は、ずばり主人公の虚無の本質を突いている。

そして、それは主人公に限った話ではない。ＯＢ会に集まる同世代たちも、自分を持たないまま、流れ着いた箱庭でなんとなく毎日働いている身である。彼らが楽しげに酒を飲むのは、自らに言い聞かせる意味もあるのだろう。だから、主人公に「おまえらがどんなにあがいても買えるのはペンシルハウスだ」と現実を突きつけられると激高してしまう。激高するだけでなく「人を騙すような仕事なんて自分なら死んでもやらない」と正論をぶってみせる。空虚な人間の吐く正論ほど、傍から見ていて滑稽《こっけい》なものはない。

もちろん、すべての人間がぽっかり穴を抱えたまま生きているわけではない。主人公が来るまで会社のエースだった先輩は突然退職し、そのまま新たな会社を起業する。つまり、主人公にとって過酷で下品で未来の無いように感じられた仕事は、先輩にとっては輝かしい未来へつながる重要な修業だったわけだ。その先輩が退職時に見せた清々しい顔を見て、主人公は「自分にあんな顔が出来るだろうか」と自問自答する。言い換えれば、自分には同じような目的地があるのか？ということだ。

とはいえ、その先輩のような人間はごく一部に過ぎない。多くの人間は、与えられた役割の中に自らを当てはめるようにして日々を生きている。その枠組みの中で、仕事は仕事だと割り切って、目立たぬようノルマだけをこなし続けるか。それとも、プレイヤーとしての充実感を貪欲に追求するのか。

　そういう意味では、元大手商社マンの豊川は明らかに後者だ。常にクールかつ貪欲に売り上げを求め続けるが、その先に何か明確な目的があるようには感じられない。部長や社長からは、脂ぎった動物的な欲望を濃厚に感じる。彼らはより美味《うま》いものを食い多くの快楽を手にするために汗を流し、怒鳴り、暴力をふるうという、ある意味とても正直な動物に過ぎない。でも、豊川からは欲望はおろか、家庭の匂《にお》いすらまったくしない。何かになりたいとか何かをやりたいという主体的な動機の部分だけ、彼からはぽっかりと欠落しているように見える。彼が大企業を去って不動産営業の世界に飛び込んだのも、数字という刹那《せつな》的な達成感を追い求めた結果なのだろう。

　ひょっとすると、豊川こそ、本書の中で最大の虚無を抱え込んだ人間かもしれない。とすれば、彼はその大きさに気づきつつも、それを埋めるのではなく、巨大な蓋《ふた》をすることを選んだ人間、ということになる。そんな彼が、物語の後半で主人公に目をかけるのは、きっと自分と同じ匂いを感じたからだろう。お前は特別な人間なんかじゃない、かといって、適当に割り切って流せるタイプでもない、だったら今いるこの場所で、行けるところまで行ってみないか、と。

　筆者は仕事柄、「仕事とは何でしょうか？」という質問をしばしばされる。その答えは自分で見出すものであり、明確にテキスト化された回答は存在しない。だから出来るアドバイスとしては、出来るだけ多くのビジネスマンに会い、出来るだけ多くの経験を積み、そうして自分なりの答えを出せる土壌を作れとしか言えないのだが、とりあえず本書を手に取れば、取っ掛かりくらいはつかめるかもしれない。

　きっと登場人物の誰かに共感し、別の誰かには反感を覚えるだろう。ひょっとすると「今の自分そのものだ」と思える人物が見つかるかもしれない。第三者視点だからこそ、見えてくるものもあるはずだ。

　なお、物語は、主人公が答えを出す前に、やや唐突に終わる。その時、筆者もまた自分の中に、テキスト化された答えを求める自分がいることに気づき、思わず苦笑してしまった。自分ならどうするか。それを考えろというのが著者のラストメッセージに違いない。


（じょう・しげゆき　株式会社ジョーズ・ラボ代表取締役）

第三十六回すばる文学賞受賞作

本作品は二〇一三年二月、集英社より刊行されました。

初出誌「すばる」二〇一二年十一月号

集英社文庫

狭小邸宅《きょうしょうていたく》

2015年２月25日　第１刷
2022年11月14日　第５刷

定価はカバーに表示してあります。

著　者　新庄《しんじょう》　耕《こう》

発行者　樋口尚也

発行所　株式会社　集英社
東京都千代田区一ツ橋2-5-10　〒101-8050
電話　【編集部】03-3230-6095
【読者係】03-3230-6080
【販売部】03-3230-6393（書店専用）

印　刷　大日本印刷株式会社

製　本　ナショナル製本協同組合

フォーマットデザイン　アリヤマデザインストア　　マークデザイン　居山浩二

ISBN978-4-08-745283-9 C0193